蔡　伸

蔡伸（1088—1156），字伸道，自号友古居士，莆田（今属福建）人。蔡襄之孙。政和五年（1115）进士。官至左中大夫。有《友古居士词》。

苏武慢

雁落平沙，烟笼寒水，古垒鸣笳声断。青山隐隐，败叶萧萧，天际暝鸦零乱。楼上黄昏，片帆千里归程，年华将晚。望碧云空暮，佳人何处？梦魂俱远。

忆旧游、邃馆朱扉，小园香径，尚想桃花人面。书盈锦轴①，恨满金徽②，难写寸心幽怨。两地离愁，一尊芳酒凄凉，危阑倚遍。尽迟留、凭仗西风，吹干泪眼。

注释

①书盈锦轴：这里暗用前秦秦州刺史窦滔妻苏氏织锦为回文旋图诗以寄的故事。后称妻寄夫书为『锦字』。②金徽：金饰的琴徽。徽，系弦之绳，后以琴面分辨音节的标志之称。

译文

大雁落在沙滩烟雾笼罩寒水，古战场上的胡笳声早已沉寂。远处青山在暮色中隐约可见，枯黄的秋叶一片片萧萧落下，天边群鸦昏昏欲睡一片零乱。黄昏时登上小楼向远方眺望，只见一叶孤帆驶向千里归程。人迟暮年华将晚谁人不思归，暮云已合而佳人又在何方呢？梦中寻她竟也离得那么遥远。

回忆往日红门馆舍共枕同宿，花香铺路的小园里携手漫步，还能想象她的容貌如桃花面。情书卷成锦轴别恨溢满琴弦，难写尽心中幽深的片片怨楚。分处两地的离愁别绪难倾诉，一杯芳香美酒不尽凄凉愁苦，倚靠在高楼的栏杆低吟沉思。浮想联翩使我久久不愿离开、任凭西风吹干我酸楚的眼泪。

柳梢青

数声鶗鴂①，可怜又是、春归时节。满院东风，海棠铺绣，梨花飘雪。

丁香露泣残枝，算未比、愁肠寸结。自是休文，多情多感②，不干风月。

注释

①鶗鴂（tí jué）：古书上指杜鹃鸟。②休文：南朝梁代诗人沈约，字休文，仕宋及齐，以不得重用，郁郁成病，消瘦异常。

译文

杜鹃一声声地悲啼鸣叫，令人怜惜又到暮春时节。东风嬉谑海棠花铺一地，梨花弥漫犹如白雪飘舞。残枝上丁香花缀着露水，也不比肝肠里悲愁郁结。本就像沈休文多情善感，悲愁感伤不关清风明月。

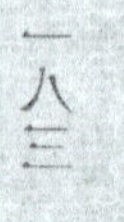

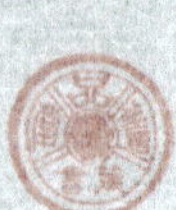

朱敦儒

朱敦儒（1081—1159），字希真，号岩壑，又称伊水老人、洛川先生，祖籍河南洛阳。少有文名，绍兴五年（1135）经举荐获进士出身，担任秘书省正字。本是主战派，后阿附秦桧，受任鸿胪寺少卿，时人非之。诗词皆长，尤工词。多写隐逸生活，词风旷达洒脱。南渡后也写过一些关注国事的作品，境界苍凉。著有《樵歌》。

相见欢

金陵城上西楼，倚清秋。万里夕阳垂地大江流。　中原乱，簪缨散①，几时收？试倩悲风吹泪过扬州②。

注释　①簪缨：古代达官贵人的头饰，这里代指贵族。②倩：请、烦劳。

译文　登上金陵城上的西楼，倚着楼上的栏杆，眺望茫茫大地深秋的景色。斜阳欲坠，大地一片寂寥，长江的水静静地向东流去。　金人南侵，中原一片战乱，贵族、官员都溃散而逃。什么时候才能把中原失地收回来呢？请悲凉的秋风把我忧国忧民的眼泪通过扬州送到金人占领的地区去吧！

鹧鸪天·西都作①

我是清都山水郎②，天教分付与疏狂。曾批给雨支风券，累上留云借月章。　诗万首，酒千觞。几曾着眼看侯王？玉楼金阙慵归去，且插梅花醉洛阳。

注释　①西都：宋时指洛阳。②清都：道教传说中天帝居住的地方。

译文　我是天帝居处管理山水的侍从，是天帝让我疏狂而不受束缚。我有天帝给予的凭证，可以支使风云雨露，也曾多次递上留云借月的奏章。　我埋首于诗书，陶醉于美酒，从来都看不起权贵王侯。我并不愿意去雕栏玉砌的宫殿，还是栽种梅花，陶醉在洛阳城中吧。

廖世美

廖世美，北宋人，生平不可考，词有二首存世。

好事近·夕景

落日水熔金，天淡暮烟凝碧。楼上谁家红袖？靠阑干无力。　鸳鸯相对浴红衣，短棹弄长笛。惊起一双飞去，听波声拍拍。

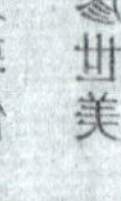

译文 在夕阳的映照下，水面金光闪闪，天空碧蓝，薄云闲淡，炊烟袅袅。楼上身穿红衣的佳人是谁？她慵懒地倚着栏杆。

鸳鸯相对而浴，洗着斑斓的羽毛；谁在小船上吹奏长笛？笛声悠扬。鸳鸯被惊起，翅膀把水波拍得啪啪作响，然后成双成对地飞走了。

烛影摇红·题安陆浮云楼①

霭霭春空②，画楼森耸凌云渚③。紫薇登览最关情④，绝妙夸能赋⑤。惆怅相思迟暮⑥，记当日，朱栏共语。塞鸿难问，岸柳何穷，别愁纷絮。

催促年光，旧来流水知何处？断肠何必更残阳⑦，极目伤平楚⑧。晚霁波声带雨⑨，悄无人，舟横野渡⑩。数峰江上，芳草天涯，参差烟树⑪。

注释 ①这首词写登楼远眺怀念友人的心情。当日与友人在楼上凭栏共语，亲切交谈，而今却渺无音信，加以年光如水，岁月无情，极目天涯，满怀惆怅。意境旷远，物色切情。用人若己，浑然无迹。安陆：即今湖北省安陆市。②霭霭（ǎi）：云气密集的样子。③画楼：雕饰华美的楼阁。指浮云楼。云渚（zhǔ）：指天空中的片片白云。天空湛蓝如海，白云如水中洲渚。④紫薇：指晚唐诗人杜牧。唐代中书省又称紫薇省，杜牧曾任中书舍人，为中书省重要官员，人称杜紫薇。他曾经登临安陆浮云寺楼，并作《题安州浮云寺楼寄湖州张郎中》诗：『去夏疏雨馀，同倚朱栏语。当时楼下水，今日到何处？恨如春草多，事与孤鸿去。楚岸柳何穷，别愁纷若絮。』关情：牵动感情。⑤能赋：善于登高赋诗。⑥惆怅（chóu chàng）：失意哀伤的样子。迟暮：暮年。⑦断肠：喻极度悲伤。杜牧《池州春送前进士蒯希逸》诗：『芳草复芳草，断肠还断肠。自然堪下泪，何必更残阳！』⑧平楚：平林。楚，灌木丛。⑨霁（jì）：雨止天晴。⑩渡：渡口。⑪参差（cēn cī）：高低不齐。

译文 云气弥漫春日的天空，雕梁画栋的浮云楼庄严高耸，插入那洲渚似的云层。杜紫薇当年登临此楼最为动情，他写下怀念友人的绝妙好诗，堪称是善于登高赋诗的英灵。如今我也登览此楼，年已衰老，心情忧伤，思念我的知音友朋。回忆当年，我们也是在这座楼上，倚着红漆栏杆，倾吐肺腑，共话平生。可如今他在哪里？问塞北飞来的大雁，问不出究竟。河两岸的柳树无穷无尽，我伤别的愁绪如柳絮纷纷飘零。

急促如催的时光，多么匆忙！当年这楼下的流水，现在不知道流到什么地方。我心情悲痛已似断肠，夕阳啊，你何必又来增添我的悲伤！极目远望，不忍看平林茫茫。晚来雨停，波涛中仿佛仍带着雨声；岸边寂寂无人，郊野渡口上小舟自横。江对岸矗立着数座山峰，无语有情；芳草连着天涯，一片青青，江边树木高高低低，烟雾朦胧。

周紫芝

周紫芝（1082—？），字少隐，号竹坡居士。宣城（今属安徽）人。绍兴中进士及第，历官枢密院编修，知兴国军。后退居庐山，以诗著称。著有《太仓稊米集》及《竹坡诗话》。有《竹坡词》传世。

鹧鸪天

一点残釭欲尽时①，乍凉秋气满屏帏。梧桐叶上三更雨，叶叶声声是别离。调宝瑟，拨金猊②，那时同唱鹧鸪词。如今风雨西楼夜，不听清歌也泪垂。

注释 ①残釭：别本作「残红」。②金猊：猊即狻猊，传说中形状如狮的怪兽，这里是指狮子形的铜质香炉。

译文 当最后一点灯光将要燃尽之际，骤然变冷的秋天的气息充满了屏风和绣帏。三更之雨打在梧桐叶上，一叶叶、一声声，似乎都在诉说着别离之情。那时候，我们弹奏着精美的琴瑟，拨弄着狮状铜香炉，一起歌唱《鹧鸪天》词。如今我独自在这风雨之夜的西楼上，即便听不到动人的歌曲，也会悲伤落泪。

踏莎行

情似游丝，人如飞絮，泪珠阁定空相觑①。一溪烟柳万丝垂，无因系得兰舟住②。雁过斜阳，草迷烟渚，如今已是愁无数。明朝且做莫思量，如何过得今宵去。

注释 ①阁定：阁通搁，停止意，阁定即搁定，指泪珠含在眼眶中未流出来。②无因：无所凭借，没有机缘。《楚辞·远游》有「质菲薄而无因兮，焉托乘而上浮」句。

译文 离情如同游丝般萦绕，那人却似飞絮般离去，泪珠含在眼中，相看也是枉然。溪边烟蒙蒙的杨柳垂下千万枝条，却也没有机会把那小舟系住。斜阳下大雁飞过，雾蒙蒙的水畔衰草迷离，如今我心中已充满了愁绪。明天的事情暂且不必去考虑，可是今晚我又该怎样度过啊！

李重元

李重元，生平事迹不详。《全宋词》收其《忆王孙》词四首。

忆王孙

萋萋芳草忆王孙，柳外楼高空断魂，杜宇声声不忍闻①。欲黄昏，雨打梨花深闭门。

注释 ①杜宇：即杜鹃。相传古蜀帝杜宇号望帝，让位后归隐化为杜鹃，啼声哀切。

译文 茂密青草使我想起王孙，柳畔的高楼上凭栏凝望，杜鹃啼声哀切令人神伤。眼看着又到了黄昏

时分，雨打梨花深深闭紧闺门。

曹组

曹组，字元宠。颍昌府阳翟县（今河南省禹州市）人。宣和三年（1121）进士。历任阁门宣赞舍人、防御使等职。其词爱用俗语，好诙谐，北宋末颇为流传。有词集《箕颍词》。

蓦山溪·梅①

洗妆真态②，不作铅华御③。竹外一枝斜，想佳人天寒日暮④。黄昏院落，无处著清香⑤，风细细，雪垂垂，何况江头路！ 月边疏影⑥，梦到销魂处⑦。结子欲黄时，又须作廉纤细雨⑧。孤芳一世，供断有情愁⑨，消瘦损⑩，东阳也⑪，试问花知否⑫？

注释

①这首词借咏梅抒写世无知音、仕途不得志的孤独悲愤之情。这梅花不施浓妆，清香高致，却无知音相赏，又常遭雨雪摧残，孤芳一世，恰似词人自己。咏物寄情，兴象玲珑。用典无迹，文外增趣。幽思远致，清俊超逸。②洗妆：指梅花上缀满露珠，如刚洗去妆饰。③作：为。铅华：妇女搽脸的粉。④想：想象，仿佛。佳人天寒日暮：杜甫《佳人》诗：『天寒翠袖薄，日暮倚修竹。』⑤无处著（zhuó）清香：意谓清香得不到赏识。著，『着』的本字。这里是放置、使用的意思。⑥疏影：指梅花树稀疏的棱影。林逋《山园小梅》诗：『疏影横斜水清浅。』⑦销魂处：指粉蝶所在。销魂，即『断魂』，这里是深情爱慕的意思。《山园小梅》诗：『粉蝶如知合断魂。』谓粉蝶如知梅花，必深情爱慕。⑧须：将要。廉纤：细雨蒙蒙的样子。⑨供断：供尽。有情：有情者。指对梅花有情的人。⑩损：煞，坏，极甚之词。⑪东阳：指南朝的沈约。他在南齐时，曾任东阳郡太守。东阳郡治所在今浙江省金华市。史载：沈约在梁时，求官不得志，致书友人，说自己老病，腰、臂日渐瘦损。这里词人以沈约自喻。⑫花：指梅花。

译文

梅花上露珠点点，好像洗去了妆饰，显露出真态，不再为脂粉所支配。竹丛外一枝斜出，仿佛那『天寒翠袖薄，日暮倚修竹』的佳人。在傍晚的院落中，风轻轻地吹，雪缓缓地下，它的清香竟无人赏识，何况那生长在江边路旁的梅花呢！ 月光下梅花疏影横斜，想必它在梦中寻找知音，到了合为它断魂的粉蝶之处；可惜那粉蝶来得太晚了。等到它结的梅子快黄的时候，又将下起连绵不断的蒙蒙细雨。梅花一辈子孤独芬芳，向对它有情的人供尽了忧伤。梅花啊，你可知道？我为你身体消瘦到了极点，和当年仕途不得志的东阳太守一样。

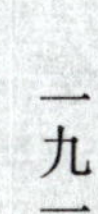

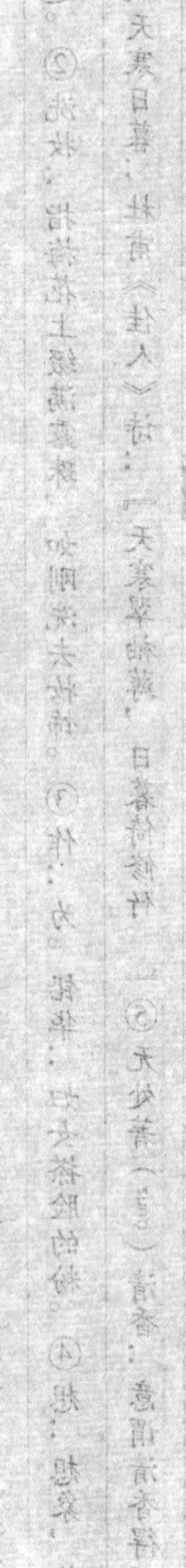

万俟咏

万俟咏，字雅言，自号词隐，大梁词隐。终生不第。能自度新声，崇宁中，充大晟府制撰。词学柳永。有《大声集》，不传。有今人辑本。

三台·清明应制①

见梨花初带夜月，海棠半含朝雨。内苑春②，不禁过青门，御沟涨、潜通南浦。东风静，细柳垂金缕，望凤阙非烟非雾③。好时代，朝野多欢，遍九陌④、太平箫鼓。

乍莺儿百啭断续，燕子飞来飞去。近绿水、台榭映秋千，斗草聚⑤、双双游女。饧香更⑥、酒冷踏青路，会暗识、夭桃朱户⑦。向晚骤、宝马雕鞍，醉襟惹、乱花飞絮。

正轻寒轻暖漏永，半阴半晴云暮。禁火天、已是试新妆，岁华到、三分佳处。清明看、汉蜡传宫炬，散翠烟、飞入槐府⑧。敛兵卫、阊阖门开⑨，住传宣、又还休务⑩。

注释

①三台：唐教坊曲名，后作为词牌。有小令长调两种。本词属长调，三叠一百七十一字。清明应制：清明节应制而作。古人创作诗词，有应制、应令、应教诸名目。应皇帝旨意而作叫『应制』，应太子之命而作叫『应令』，应诸王之命而作叫『应教』。②内苑：宫内园庭，即禁苑。③凤阙：汉代宫阙名。此处代指皇宫。④九陌：汉代长安城中有八街九陌。后泛指都城大路。⑤斗草：古代一种游戏，一般为女性所玩，又称斗百草。⑥饧：饴糖类食物名，用麦芽或谷芽熬成。⑦夭桃朱户：化用崔护诗典故。⑧清明看二句：韩翃《寒食》诗：『春城无处不飞花，寒食东风御柳斜。日暮汉宫传蜡烛，轻烟散入五侯家。』槐府：贵人宅院，庭中植槐。⑨阊阖：宫中之正门。此处泛指宫城之门。⑩休务：休止公务，宋人语，犹言放假，停止办公。

译文

梨花还带着夜月的蒙蒙轻雾，海棠半含着清晨的雨露。皇宫内苑的禁门关不住美丽的春光，御沟里涨满了新水，暗暗通向南浦。东风和煦闲静，轻轻吹拂着垂柳的丝丝金缕。凤阁龙楼金碧辉煌，实实在在并不像仙境那样隐于烟雾。太平兴盛的时代，朝野到处一片欢娱，京师里的条条大路，到处喧响着太平的笙笛箫鼓。

黄莺婉转的叫声断断续续，轻巧的燕子飞来飞去。清清的池水中，倒映着岸边的台阁亭榭。还有那些飞荡秋千的贵妇，斗百草的一对一对的靓女。踏青路上到处弥漫着麦芽糖的香气。携酒游乐的人群来来去去，大多都暗识人面桃花的红色门户。傍晚时，跨着雕鞍宝马的公子哥都往这里相聚。一个个醉意醺醺，衣襟上沾惹着片片落红，点点飞絮。

正是轻寒轻暖天长的时日。又到了半阴半晴的日暮。在这禁止烟火的节气，青年男士们已开始试穿新式的春衣，季节恰恰到了三分佳处。清明时朝廷中传出蜡烛，翠烟缕缕，散入庭院植槐的贵人宅府。兵卫们尽行撤除，宫城敞开了千门万户。不再听到禁苑中传出诏旨，已经停止朝

万俟咏

万俟咏，字雅言，自号词隐，大梁词逸。生卒不详。哲宗时屡试不第，崇宁中，充大晟府制撰。有《大声集》，不传。有今人辑本。

三台·清明应制①

见梨花初带夜月，海棠半含朝雨。内苑春②、不禁过青门，御沟涨、潜通南浦。东风静、细柳垂金缕。望凤阙非烟非雾③。好时代、朝野多欢，遍九陌④、太平箫鼓。

乍莺儿百啭断续，燕子飞来飞去。近绿水、台榭映秋千，斗草聚⑤、双双游女。饧香更、酒冷踏青路。会暗识、夭桃朱户⑥。向晚骤、宝马雕鞍，醉襟惹、乱花飞絮。

正轻寒轻暖漏永，半阴半晴云暮。禁火天、已是试新妆，岁华到、三分佳处。清明看、汉宫传蜡炬，散翠烟、飞入槐府⑦。敛兵卫、阊阖门开⑧，住传宣、又还休务⑨。

【注释】①三台：词牌名。原为唐代教坊曲，后用为词调。有小令及长调两体。本词为长调，三叠一百七十一字。清明应制：应皇帝之命而作。古人创作诗词，有应制、应令、应教等名目。应皇帝之命所作的叫“应制”，应太子之命所作的叫“应令”，应诸王之命所作的叫“应教”。②内苑：宫内园林，即禁苑。③凤阙：汉代宫阙名，此处代指皇宫。④九陌：

汉代长安城中有八街九陌。后泛指都城大路。⑤斗草：古代一种游戏，又称斗百草。⑥朱户：朱漆大门，代指富贵人家。⑦散翠烟飞入槐府：化用唐韩翃《寒食》诗：“春城无处不飞花，寒食东风御柳斜。日暮汉宫传蜡烛，轻烟散入五侯家。”槐府，贵人之家。⑧阊阖：宫中之正门。此处代指宫城之门。⑨休务：休止公务，停止办公。

【译文】梨花初带着夜月的清辉，海棠半含着清晨的雨露。皇宫内苑的春色关不住禁门而溢出门外，御沟里的水涨了，暗暗流向南面的水滨。东风停息了，细柳垂下金丝般的枝条。远远望见皇宫周围弥漫的不知是烟还是雾的祥云。太平盛世的好时代，朝廷和民间一片欢乐，京城里的条条大路，到处奏着太平的箫鼓。　　黄莺婉转的鸣声时断时续，燕子飞来飞去。靠近绿水的亭台楼阁映衬着秋千，斗草的游女成双成对。饧粥飘香，冷酒踏青。大家都暗暗认得那桃花掩映的朱门。傍晚时分，骑着宝马雕鞍的人一个个醉意醺醺，衣襟上沾满了乱花飞絮。　　正是轻寒轻暖、白日渐长，半阴半晴的日暮。禁火的日子，已是试穿新装的时候，一年中的春光已到了三分佳处。清明时节，汉宫传出蜡烛，翠烟飘入贵人的庭院。兵卫们已被撤除，宫城敞开了千门万户，不再听到禁宫中传出的宣召，已经到了休假的时候。

野官衙的一切公务。

徐 伸

徐伸，字干臣，三衢（今浙江衢州）人。政和初，以知音律为太常典乐，出知常州。有《青山乐府》，不传。

二郎神

闷来弹鹊①，又搅破、一帘花影。漫试著春衫，还思纤手，熏彻金炉烬冷②。动是愁端如何向③，但怪得、新来多病。想旧日沈腰，而今潘鬓④，何堪临镜⑤。 重省，别时泪滴，罗衣犹凝。料为我厌厌，日高慵起，长托春酲未醒⑥。雁足不来⑦，马蹄难驻⑧，门掩一庭芳景⑨。空伫立，尽日阑干倚遍，昼长人静。

注释 ①弹鹊：别本作「弹雀」。②金猊：别本作「金炉」。③愁端：别本作「愁多」。④旧日沈腰，而今潘鬓：沈腰指沈约因瘦削而腰细，潘鬓指潘岳少年美貌但三十多岁即头发花白。李煜《破阵子》「四十年来家国」有「一旦归为臣虏，沈腰潘鬓消磨」句。⑤何堪：别本作「不堪」。⑥酲：《说文》解释说：「酲，病酒也。」⑦雁足：别本作「雁翼」。⑧难驻：别本作「轻驻」。⑨门掩：别本作「门闭」。

译文 烦闷来时，用弹弓打喜鹊，搅碎了帘栊上的花影。胡乱地尝试换上春天衣衫，却想起了她的纤纤素手，曾在铜炉上将衣衫熏透，直到火灭灰冷。动辄便有愁绪涌上心头，这可怎么办才好啊！只能怪自己最近总是生病了。可叹往日便已似沈约愁损容颜，腰围变窄，如今更像潘岳岁华未老，鬓发先斑。还怎么忍心去照镜子呢？ 再次检视她的罗衣，在分别时曾被泪水沾湿，如今还凝结着痕迹。想来她也会因为思念我而病恹恹的，日虽升高却慵懒不起，还借口说是因为宿醉未醒。大雁不肯传来书信，马车也不肯在门前停留，这大门啊，遮蔽住了满庭院的美景。我只好空自伫立，一整天都倚靠着栏杆，消磨这漫长的白天和寂静的夜晚。

田 为

田为，生卒年不详。字不伐，善琵琶，通音乐。政和末，充大晟府典乐。宣和元年（1119）罢典乐，为乐令。有赵万里辑本《芊呕集》。

江神子慢①

玉台挂秋月②，铅素浅、梅花傅香雪③。冰姿洁，金莲衬、小小凌波罗袜④。雨初歇，楼外孤鸿声渐远，远山外，行人音信绝。此恨对语犹难，那堪更寄书说⑤？ 教人红消翠减⑥，觉衣宽金缕⑦，

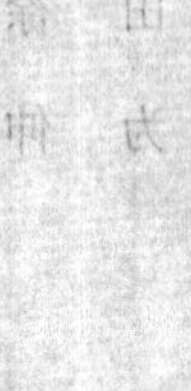
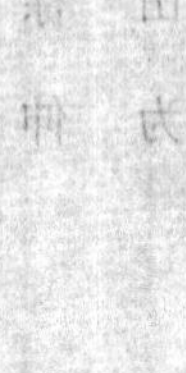

都为轻别。太情切，消魂处，画角黄昏时节⑧，声呜咽⑨。落尽庭花春去也，银蟾迥⑩，无情圆又缺。恨伊不似余香⑪，惹鸳鸯结⑫。

注释

①这首词写闺中妻子的离愁别恨。丈夫远去，音信断绝，她深悔轻别，以至于形容憔悴，失魂落魄，怨花怨月，怅恨不已。比喻巧切，善于借景抒情，思致委婉。②玉台：指镜台。秋月：喻女子的面容。③铅素：搽脸的粉。傅：通「敷」，搽，抹。④金莲：喻女子缠过的小脚。凌波：本形容女子步履的轻盈，这里形容罗袜的轻巧滑爽。⑤那：同「哪」。堪：能。书：书信。⑥红：指红润的容颜。翠：翠眉。即黛眉。黛是一种画眉用的青黑色颜料。⑦衣宽金缕：即「金缕衣宽」，意谓身体消瘦。金缕，即金缕衣，用金色丝线缝制绣饰的华贵衣服。⑧画角：古乐器。参看柳永《戚氏》注。⑨呜咽（yè）：断断续续，低沉悲凉。⑩银蟾：月亮的别称。迥（jiǒng）：远。⑪伊：他。⑫惹：沾染。鸳鸯结：用绣带结成的双结，又称合欢结，是男女成婚的象征物。

译文

她坐在镜台前，镜台上仿佛挂着一轮秋月。她脸上搽了薄薄一层粉，好像梅花上撒了一层香雪。她的姿容像冰一样洁白明净，一双小脚上紧贴着轻盈滑爽的罗袜。雨刚刚停住，楼外失群的孤雁的凄厉叫声，渐渐远去；她的丈夫漂泊在远山之外，音信已经断绝。这离别又无音信的怨恨，面对面尚且难以诉说，哪能再寄信去表白？　离愁让人红颜消退，翠眉减色，金缕衣也觉着变得宽大了。这都是因为当初和丈夫轻率地分别。思念之情太迫切了。最令人心碎之时，莫过于黄昏时候，画角声断断续续，低沉悲凉。时光过得真快啊，转眼间院中的桃花李花落尽了，春天又归去了。月亮那么遥远，那么无情，刚刚圆起来，就又变缺了。我真恨他不像香料烧后的余香，久久沾染在我们结婚时的鸳鸯双结上。

李玉

李玉，生平不详。《全宋词》录其词一首。

贺新郎

篆缕消金鼎①，醉沉沉、庭阴转午，画堂人静。芳草王孙知何处？惟有杨花糁径②。渐玉枕、腾腾春醒③，帘外残红春已透，镇无聊④、殢酒厌厌病⑤。云鬓乱，未忺整⑥。江南旧事休重省，遍天涯寻消问息，断鸿难倩⑦。月满西楼凭阑久，依旧归期未定。又只恐瓶沉金井⑧，嘶骑不来银烛暗，枉教人立尽梧桐影。谁伴我，对鸾镜。

①篆缕：香烟升起如线而盘旋环绕，如篆字形，故云。金鼎：铜的鼎形香炉。②糁：泛指散粒状

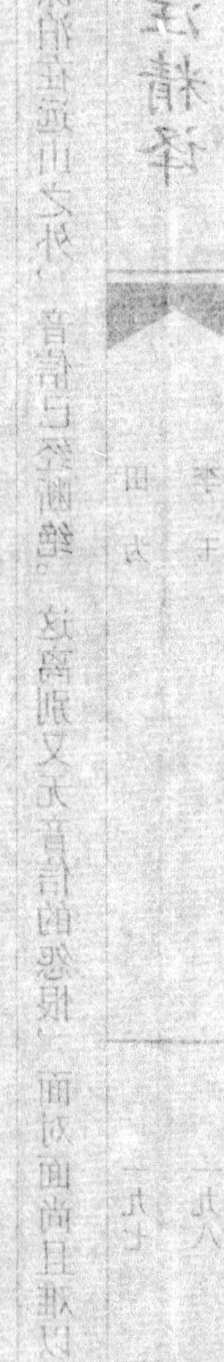

的东西，此处形容柳絮。③腾腾：懒散，随便。④镇：整、整日。⑤殢酒：病酒。因饮酒过量而不舒服。⑥恹：高兴、适意。⑦倩：请、央求。⑧瓶沉金井：白居易《井底引银瓶》诗：『井底引银瓶，银瓶欲上丝绳绝。』此处暗用其意。

译文 铜炉中如篆字形的香烟盘旋上升，我的酒气沉沉，庭中的树影已转向偏东，画堂里寂静冷清。芳草萋萋，碧绿而茂盛，也不知心上人此时的行踪，唯有飘落的杨花，如点点白雪粒布满了小径。独卧玉枕上困倦疲软，懒洋洋慢腾腾春睡才醒。帘外已经开始飘落残红，春天将尽，终日百无聊赖也没有个好心情，像喝多了酒一样恹恹成病。头发凌乱蓬松，也没有心思去梳理规整。 江南旧事不堪重新反省，即使遍天下去寻访消息，能寄书信的鸿雁也难以依凭。月光洒满西楼，我长时间凭倚栏杆，目聚神凝。可是他的归期依旧没有定。只怕如同银瓶沉入金井，再也没有希望重圆破镜。等得太久太久，我独自面对昏暗的残烛，怎么也听不到他骑坐宝马的嘶鸣。徒自让我久久地伫立，直到梧桐树已经没有了阴影。如今又到了夜间，有谁能够陪伴着我，共同照那明亮的鸾镜？

吕滨老

吕滨老，一作渭老。字圣求，嘉兴（今属浙江）人。宣和间以诗名。词风婉媚深沉。有《圣求词》。

薄幸

青楼春晚①，昼寂寂、梳匀又懒。乍听得、鸦啼莺哢②，惹起新愁无限。记年时、偷掷春心，花前隔雾遥相见。便角枕题诗、宝钗贳酒③，共醉青苔深院。 怎忘得、回廊下，携手处、花明月满。如今但暮雨，蜂愁蝶恨，小窗闲对芭蕉展。却谁拘管？尽无言、闲品秦筝，泪满参差雁④。腰肢渐小，心与杨花共远。

注释 ①青楼：泛指女子所居之楼。②哢（lòng）：鸟鸣。③角枕：用兽角做装饰的枕头。贳（shì）：酒，赊酒。④参差雁：筝柱排列如雁阵，故称。

译文 暮春时节独自一人静坐闺楼上，白天备感寂寞又懒得修饰妆容。突然听到了乌鸦聒噪黄莺低唱，引起了无限的新愁在胸中波荡。记得当年偷偷地抛送一片春心，在花丛中间隔着薄雾与他相望。在角枕题写诗章金钗赊酒酣饮，在青苔遍长的深院中共醉梦乡。 又怎么能够忘记曾漫步回廊下，携手的地方花香芬芬月满如盘。而如今却只剩下迷蒙的暮雨了，蜜蜂蝴蝶仿佛也生了无限愁肠，舒展的芭蕉叶寂寞地对着小窗。

却又是谁在一旁将我拘管关怀？尽无言惆怅闲来品味古筝怨伤，泪水洒湿了参差不齐的弦柱雁。相思煎熬得我腰肢也渐渐瘦小，心儿也跟着杨花柳絮飞向远方。

李纲

李纲（1083—1140），字伯纪，祖籍邵武（今属福建）。进士出身，先后担任过兵部侍郎、尚书右丞、尚书右仆射、中书侍郎等职，是主战派将领，曾多次因上书请战而被罢免，终抑郁而亡。李纲工诗词，有不少爱国名篇流传千古。著有《梁溪谷词》一卷。

六幺令

次韵和贺方回金陵怀古①，鄱阳席上作。

长江千里，烟淡水云阔。歌沉玉树②，古寺空有疏钟发。六代兴亡如梦，苒苒惊时月。兵戈凌灭，豪华销尽，几见银蟾自圆缺。潮落潮生波渺，江树森如发。谁念迁客归来，老大伤名节。纵使岁寒途远，此志应难夺。高楼谁设，倚阑凝望，独立渔翁满江雪。

注释　①贺方回：即贺铸。②歌沉玉树：玉树指《玉树后庭花》之曲，意思是此曲已不可闻。

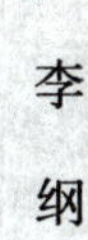

译文　长江千里奔来，烟光浅淡，江面宽阔。《玉树后庭花》的曲声已不复闻，只有凄冷的古寺中不时传出稀疏的钟声。六代兴亡好比一场梦，岁月流逝之快，让人心惊。昔日改朝换代时，兵戈相争，互相残杀，一扫六朝帝王的淫侈奢华。只有天边的月亮，圆了缺，缺了圆！江水起伏，波光浩渺；江边的树枝茂密如发。谁能体谅到我是被贬到此的迁客呢？年事已高，而声名节操尚未确立，我怎能不悲伤！不管环境多么恶劣，路途多么遥远，我抗敌报国的志向绝不会改变。是谁建的高楼，让我倚栏凝望，一个白发渔翁独自站立在漫天的风雪中。

喜迁莺·晋师胜淝上①

长江千里，限南北，雪浪云涛无际。天险难逾，人谋克壮，索虏岂能吞噬②！阿坚百万南牧③，倏忽长驱吾地。破强敌，在谢公处画④，从容颐指。　奇伟！淝水上，八千戈甲⑤，结阵当蛇豕⑥。鞭弭周旋⑦，旌旗麾动，坐却北军风靡。夜闻数声鸣鹤，尽道王师将至。延晋祚，庇烝民，周雅何曾专美。

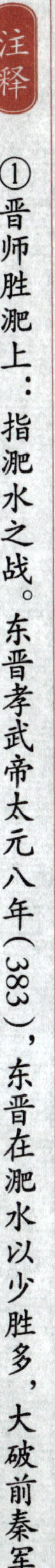

注释　①晋师胜淝上：指淝水之战。东晋孝武帝太元八年（383），东晋在淝水以少胜多，大破前秦军队。②索虏：南北朝时，北朝人留有辫发，南人看不起北人，故以『索虏』称之。③南牧：即攻打东晋。④谢公：即东晋宰相谢安，他力主抗敌。⑤八千戈甲：指晋将谢玄带精兵八千在淝水大破秦兵。⑥蛇豕：这里喻指前

秦的军队。⑦鞭弭：马鞭和弓，这里指驾车前进。周旋：攻击。

【译文】滚滚长江，一泻千里，好像天堑一样阻断南北两地，江面上波浪滔天，一望无际。天险难以逾越，大臣的智谋也能战胜强敌，北方的索虏岂能把江南吞噬！苻坚率领百万大军南下，他们行动迅速，深入东晋境内。谢安布阵谋划，从容不迫地指挥将士，击破强虏，赢得了胜利。这真是战争史上的奇迹！淝水岸边，谢玄用八千精甲，摆开阵势，抵挡住了前秦大军的进攻。他们驾车前进，追逐敌军。前秦军队看到东晋旌旗飘飘，已是望风披靡；在夜里听到几声鹤叫，以为是东晋军队追来，惊恐不已。这胜利使晋室能够延长帝祚，江南百姓得到庇护。这一辉煌的功业，即使是《诗经·小雅》里所歌颂的周宣王中兴之功，也不能与之媲美。

李清照

李清照（1081—约1151），号易安居士，济南（今属山东）人。李格非之女，赵明诚妻。建炎三年（1129）赵明诚卒，从此李清照生活孤苦无依，辗转流离，晚年在杭州和金华度过。词以南渡为界分前后两期，词风婉约，偶有豪放之致。著有《词论》《易安居士文集》《易安词》，不传。后人辑有《漱玉词》。

如梦令①

昨夜雨疏风骤②，浓睡不消残酒。试问卷帘人③，却道海棠依旧④。知否？知否？应是绿肥红瘦。

【注释】①这首词通过对风雨后海棠花的关切，写惜花惜春之情，表现出对美好事物的热爱，对生活的热爱。对话入词，声情如绘。言简笔曲，剪裁有度。②疏：粗狂。骤：迅疾，急骤。③卷帘人：指侍女，丫鬟。④海棠：落叶小乔木，叶卵形，花多粉红色，春季开花，古时为庭院重要观赏植物。

【译文】昨天夜晚，雨狂风急。大好春光眼看就要消失，我不禁借酒浇愁。酒后沉沉睡去，天亮醒来，残余的醉意尚未消尽。我惦念着院里的海棠，便问正在卷帘的丫鬟：海棠花现在怎样？她漫不经心地回答说：海棠花依旧开着。我赶紧纠正她说：傻丫头，你知不知道？你知不知道？应当说是绿叶茂密了，丰满了；红花稀少了，消瘦了。

凤凰台上忆吹箫

香冷金猊，被翻红浪，起来慵自梳头。任宝奁尘满，日上帘钩。生怕离怀别苦，多少事、欲说还休。新来瘦，非干病酒，不是悲秋。 休休①！者回去也，千万遍阳关②，也则难留。念武陵人远③，烟锁秦楼。唯有楼前流水，应念我、终日凝眸。凝眸处，从今又添，一段新愁。

注释

① 休休：罢了，罢了。② 阳关：语出王维《送元二使安西》：『渭城朝雨浥轻尘，客舍青青柳色新。劝君更尽一杯酒，西出阳关无故人。』后据此诗谱成《阳关三叠》，为送别之曲。③ 武陵人：典出陶渊明《桃花源记》，载武陵渔人误入桃花源，后路径迷失，无人寻见。

译文

狮形铜炉里的香已冷却，大红锦被胡乱摊在床上，我起床后精神恹恹，懒得梳头。任凭华丽的梳妆盒落满了灰尘，太阳升得比帘钩还高。真害怕离别之苦啊，多少事，想要说出来却又作罢。最近日益消瘦，也不是因为饮酒过量，也不是因为感伤秋季。

罢了罢了，这回他离去，就算唱一千遍一万遍的阳关曲，也终究难以挽留。想他便如同离别桃花源便再难返回的武陵渔人啊，而我便被烟雾锁闭在闺楼当中。只有楼前的流水，应该会注意到我每天凝神思索吧。可是这凝神之际，从今以后却又添了一段新愁。

醉花阴①

薄雾浓云愁永昼，瑞脑消金兽②。佳节又重阳，玉枕纱橱③，半夜凉初透。

东篱把酒黄昏后④，有暗香盈袖⑤。莫道不消魂，帘卷西风，人比黄花瘦⑥。

注释

① 这首词写独自过重阳节的愁苦心情，寄托了对远在外地的丈夫的深切思念。愁人观花花憔悴，又将花比憔悴人。结语最佳，回环妙绝。② 瑞脑：即龙脑，一种香料，俗称冰片。金兽：兽形铜香炉。③ 玉枕：瓷枕的美称。纱橱：避蚊的纱帐。④ 东篱：指种菊之处。陶渊明《饮酒》诗之五：『采菊东篱下，悠然见南山。』⑤ 暗香：指菊花的幽香。盈袖：充满衣袖。《古诗十九首》：『庭中有奇树，绿叶发华滋。攀条折其荣，将以遗所思。馨香盈怀袖，路远莫致之。』此句化用其意，含有想把菊花寄给丈夫而不能的怨恨之意。⑥ 人：词人自指。

译文

薄雾笼罩，浓云密布，白昼漫漫，我心中无限忧伤。龙脑香在金兽香炉中渐渐烧成灰烬，陪伴我消磨时光。又是一个重阳佳节过去了，我躺进纱帐，枕着瓷枕，难入梦乡；半夜时分，帐中开始透进阵阵微凉。

傍晚，我曾在东篱下赏菊饮酒，随后，我采了几朵菊花，那看不见的清香立刻充满了我的衣袖。我想把这几朵菊花寄给我心爱的丈夫，可路途遥远，怎么能够？不要说我清闲自在，没什么烦恼忧愁，看无情的秋风卷起了帘子，屋里的我比那消瘦的菊花还要憔悴消瘦。

声声慢

寻寻觅觅，冷冷清清，凄凄惨惨戚戚。乍暖还寒时候，最难将息①。三杯两盏淡酒，怎敌他，晚来风急？雁过也，正伤心，却是旧时相识。

满地黄花堆积，憔悴损，如今有谁堪摘？守着窗儿，独自怎生得黑！梧桐更兼细雨，到黄昏，点点滴滴。这次第②，怎一个愁字了得！

注释

① 将息：指调养、静息。② 次第：景况、情形。

到处寻寻觅觅，四周冷冷清清，境况凄凄惨惨，使人悲悲戚戚。才刚温暖，还带些寒意的季节，是最难保养身体的了。三两杯淡酒，又怎么能捱得过傍晚时凄寒而猛烈的寒风呢？大雁从空中飞过，真让我伤心啊，它们是我曾相识的老朋友啊。

满地都是凋残飘零的菊花，堆积在一起，花儿如此憔悴，如今还有什么可以摘取的呢？我守着窗户，一个人要怎样才能握到黑夜呢？黄昏时分，梧桐叶落，再加上细密的雨声，点点滴滴的总也不停。这种境况下，仅用一个『愁』字又如何能表达我的心情呢？

孤雁儿

世人作梅词，下笔便俗。予试作一篇，乃知前言不妄耳。

藤床纸帐朝眠起，说不尽无佳思。沉香断续玉炉寒，伴我情怀如水。笛声三弄①，梅心惊破，多少春情意。

小风疏雨萧萧地，又催下千行泪。吹箫人去玉楼空②，肠断与谁同倚？一枝折得，人间天上，没个人堪寄。

注释

①笛声三弄：一说笛吹三遍，一说奏曲三支。②玉楼：即凤台，秦穆公为弄玉夫妇所建。

译文

清早从藤床纸帐中醒来，没有美好兴致反而有说不尽的孤苦。沉香时断时续，致使玉炉微寒，伴着我凄冷如水的情怀。沉寂中，是谁家的玉笛吹起？梅蕊仿佛被笛声惊破，传达出春的讯息。　微风轻拂，细雨潇潇，催下愁人千万行眼泪。吹箫的人已逝，玉楼空空，即使愁肠欲断又与谁同倚栏杆呢？折一枝梅，欲寄相思之情，但天上人间，仙凡相隔，如何寄送呢？

一剪梅

红藕香残玉簟秋①，轻解罗裳，独上兰舟。云中谁寄锦书来，雁字回时，月满西楼。　花自飘零水自流，一种相思，两处闲愁。此情无计可消除，才下眉头，却上心头。

注释

①玉簟：如玉的凉席。

译文

红色的荷花已经凋谢，仅留一丝残香，素白的竹席里透出凉意，仿佛充满秋天的忧愁。我轻轻地解下轻柔的丝裙，（换上秋装）孤独地登上美丽的兰舟。南归的秋雁从云中掠过，却没有将锦书捎回，只有那凄冷的月光溢满西楼。　容貌如鲜花一样容易凋零，青春像流水一样一去不回头。同样一种相思，化作两处的闲愁。难以排遣的，是共同拥有的那份相思之情，刚离开紧蹙的眉头，却又到了烦乱的心头。

念奴娇①

萧条庭院，又斜风细雨，重门须闭②。宠柳娇花寒食近③，种种恼人天气④。险韵诗成⑤，扶头酒醒⑥，别是闲滋味。征鸿过尽⑦，万千心事难寄。　楼上几日春寒，帘垂四面，玉阑干慵倚⑧。被冷香消

新梦觉，不许愁人不起。清露晨流，新桐初引⑨，多少游春意。日高烟敛，更看今日晴未。

注释 ①这首词写春天阴雨时节的烦恼和思念丈夫的愁情，盼望天晴游春，排遣离愁。曲折回环，取象切情，写尽愁闷无聊心绪。②重门：深宅大院一道道的门户。须：正，本自。③宠柳娇花：意谓春天到了，柳绿花艳，它们仿佛是春天的宠儿娇女。寒食：寒食节，在清明节前一天。④种种：接连不断的意思。⑤险韵诗：用难押韵的字作韵脚的诗。⑥扶头酒：容易喝醉的酒。⑦征鸿：远程飞行的大雁。古代有鸿雁传递书信的说法。⑧玉阑干：栏杆的美称。阑干，同『栏杆』。慵（yōng）：懒。⑨初引：刚发芽。

译文 庭院里冷落寂寞，又刮起斜风，下起细雨，重重院门正自紧闭。寒食节快到了，处处柳翠花艳，备受春天的娇宠；可是，偏偏这时候接连不断出现令人烦恼的阴雨天气。无奈何，写首险韵诗，喝点扶头酒，消磨时光；险韵诗写成了，酒醉后又清醒了，心中更有一种新的空虚无聊的感觉。远程迁徙的雁群，都飞过去了；我有无数的心事要对我远方的心上人诉说，却难以寄去。 闺楼上连着好几天弥漫着春寒，四面帘帐都下垂着，没有卷起；我更懒得走出楼门凭栏远眺。拂晓，我从一场新梦中醒来，觉着被窝里冰凉，香炉里的香料也烧尽了，不许我这个心中充满离愁的人继续睡下去。清纯的露水，早晨从梧桐树上流下来；被露水冲洗得一片清新的梧桐树枝上，开始发芽了。这勾起我心中无限游春的情趣。不久，太阳升起，雾气消散，

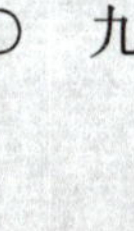

我要再看看天气是不是真的晴开了。

永遇乐

落日熔金①，暮云合璧②，人在何处？染柳烟浓，吹梅笛怨③，春意知几许？元宵佳节，融和天气，次第岂无风雨。来相召、香车宝马，谢他酒朋诗侣。 中州盛日④，闺门多暇，记得偏重三五⑤。铺翠冠儿⑥，捻金雪柳⑦，簇带争济楚⑧。如今憔悴，风鬟雾鬓⑨，怕见夜间出去。不如向帘儿底下，听人笑语。

注释 ①熔金：形容日将落时金黄的颜色。②暮云合璧：形容日落后，红霞消散，暮云像碧玉般合成一片。江淹《拟惠休怨别》：『日暮碧云合，佳人殊未来。』③吹梅笛怨：笛曲中有《梅花落》，声调凄楚哀怨。④中州：今河南省，此处指北宋都城汴京。⑤三五：古人常称阴历十五为『三五』，此处指元宵节。⑥铺翠冠儿：装饰着翡翠羽毛的帽子。⑦捻金雪柳：当时妇女时兴的一种装饰物。雪柳用绢或纸制成。捻金，用金纸捻丝。加上金丝的雪柳更为名贵。⑧簇带：宋时方言，插戴满头之意。济楚：宋时方言，整齐美丽。⑨风鬟雾鬓：形容头发蓬松散乱。

译文 落日火红，如同熔化的金属；暮云团团，好似一块块圆合的璧玉。可我现在究竟是在哪里？浓重的

烟雾，笼罩着柳林；哀怨的笛声，吹奏着《梅花落》的曲子；谁知道，现在到底有多少春天的气息？元宵佳节，恰遇上晴暖的天气，但是，难道不会突然间袭来风雨？一些诗酒朋友，乘着豪华的车马邀我同去欢度节日，都被我婉言相辞。从前中原太平兴旺的时候，闺中妇女多有空闲，记得都特别看重元宵节。姑娘们或是头戴翠羽装饰的花冠，或是插满搓拈金线制成的雪柳，比着看谁打扮得漂亮、齐全。如今我衰困消瘦，鬓发蓬松散乱，不愿元宵之夜出去，在众人前抛头露面。不如一个人躲在帘子里，听人家说说笑笑，仔细品味人生的苦辣酸甜。

添字丑奴儿

窗前谁种芭蕉树，阴满中庭①。阴满中庭。叶叶心心，舒卷有余情②。伤心枕上三更雨，点滴霖霪。点滴霖霪③。愁损北人，不惯起来听。

注释 ①中庭：庭院里。②舒卷：指蕉叶的铺展和蕉心的翻卷。③霖霪：长时间的雨。这里形容雨声不断，一直响在耳边。

译文 不知是谁在窗前种下的芭蕉树，一片浓荫，遮盖了整个院落。叶片和不断伸展的叶心相互依恋，一张张，一面面，遮蔽庭院。满怀愁绪，无法入睡，偏偏又在三更时分下起了雨，点点滴滴，响个不停。雨声渐沥，不停敲打着我的心扉。我听不惯，于是披衣起床。

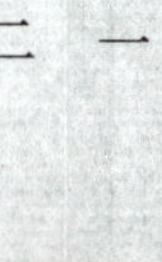

如梦令

常记溪亭日暮，沉醉不知归路。兴尽晚回舟，误入藕花深处。争渡，争渡，惊起一滩鸥鹭。

译文 经常记起在溪边的亭子游玩直到太阳落山的时候，喝得大醉不知道回来的路。游兴满足了，天黑往回划船，错误地划进了荷花深处。抢着划呀，抢着划呀，惊飞了栖息在沙滩上的水鸟。

武陵春

风住尘香花已尽①，日晚倦梳头。物是人非事事休，欲语泪先流。闻说双溪春尚好，也拟泛轻舟②。只恐双溪舴艋舟③，载不动许多愁。

注释 ①尘香：落花化为尘土，而芳香犹在。②拟：打算。③舴艋舟：小舟。

译文 恼人的风雨停歇了，枝头的花朵落尽了，只有沾花的尘土犹自散发出微微的香气。抬头看看，日已高，仍无心梳洗打扮。春去夏来，花开花谢，亘古如斯，但我现在背井离乡，亲人也不在身边，什么事情也干不了。想向人诉说，但话还没说出口，泪就先流下来了。听人说双溪的春色还不错。那我就去那里划划船，姑且散散心吧。唉，我真担心呀，双溪那小小的蚱蜢船，怕是载不动我内心沉重的哀愁啊！

赵鼎

赵鼎（1085—1147），字元镇，号得全居士，祖籍解州闻喜（今属山西）。进士出身，先后担任过开封市曹、右司谏、尚书左仆射、同中书门下平章事等职。曾两次担任宰相，声名显赫。后因坚决抗金构怨秦桧，被远放岭南，郁郁而死。其作品多抒写故国之思，音韵柔婉，情思凄切。著有《得全居士词》。

满江红

丁未九月南渡①，泊舟仪真江口作②。

惨结秋阴，西风送、霏霏雨湿。凄望眼、征鸿几字③，暮投沙碛。试问乡关何处是，水云浩荡迷南北。但一抹寒青有无中，遥山色。天涯路，江上客。肠欲断，头应白。空搔首兴欢，暮年离拆。须信道消忧除是酒，奈酒行有尽情无极。便挽取长江入尊罍，浇胸臆。

注释 ①丁未：即宋高宗建炎元年（1127）。②仪真江口：位于今江苏省仪征市。靖康之变时词人正南渡至此。③几字：形容飞行的雁阵，呈『人』字或『一』字。

译文 天空惨淡，阴云密布，萧瑟的西风吹着绵绵的细雨。极目远望，空中有排成字形的南飞雁，它们在暮色中飞到沙汀芦苇丛中栖宿。自己的故乡又在哪里呢？云水渺渺，南北莫辨，让人倍感迷茫。前方有一抹似有还无的青绿，好像是远处寒山的颜色。我是天涯路上的奔命之人，是江波水面的孤独过客。国破家亡，仓皇南渡，让人头白肠断。老年背井离乡，只能空自搔首感叹。虽然酒可消愁，但酒有限，而亡国之恨无穷。除非把万里长江的滚滚洪流装入酒杯，或许可以洗尽胸中的忧愁。

点绛唇·春愁

香冷金猊①，梦回鸳帐余香嫩。更无人问。一枕江南恨。消瘦休文②，顿觉春衫褪。清明近。杏花吹尽。薄暮东风紧。

注释 ①金猊：香炉的一种。其形似狮。②休文：即南朝梁诗人沈约，字休文，仕宋及齐，不得大用，郁郁成病，消瘦异常。

译文 一觉醒来，金炉中的香已经灭了，绣着鸳鸯的帷帐低垂着，幽静的房间里依然飘着淡淡的余香味。想要诉说梦境，却又没有人相慰相问。满枕都是闲愁别恨。我现在就像休文一样越来越瘦，转眼间衣衫就会宽松许多。时间已将近清明，那闹春的杏花已被春风吹落殆尽。临近黄昏时分，东风又起劲地刮了起来。

吕本中

吕本中（1084—1145），原名大中，字居仁，号紫微，祖籍寿州（今属安徽寿县）。生于官宦之家，进士出身，先后担任过起居舍人、中书舍人兼侍讲、权直学士院等职，但受党争之累，仕途坎坷。晚年隐居信州（今江西上饶），著书讲学，人称东莱先生。词风温润精工，清丽洒脱。著有《紫微词》。

采桑子

恨君不似江楼月①，南北东西。南北东西，只有相随无别离。　恨君却似江楼月，暂满还亏②，暂满还亏，待得团圆是几时？

注释　①君：这里指词人的妻子。②暂满还亏：短暂的圆满之后又会有缺失。

译文　可恨妻子不像江楼上高悬的明月，不管人们南北东西四处漂泊，明月都与人永远相随不分离。可恨妻子就像江楼上高悬的明月，刚刚圆了就又缺了，等到明月再圆还要等到何时呢？

王以宁

王以宁（约1090—约1146），一名以凝，字周士，祖籍湘潭（今属湖南）。先后担任过成忠郎、从事郎、鼎州知州、京西制置使、永州别驾、潮州安置、右朝奉郎、全州知州等职。著有《王周士词》。

水调歌头·呈汉阳使君

大别我知友，突兀起西州。十年重见，依旧秀色照清眸。常记鲒碕狂客①，邀我登楼雪霁，杖策拥羊裘。山吐月千仞，残夜水明楼。　黄粱梦，未觉枕，几经秋。与君邂逅，相逐飞步碧山头。举酒一觞今古，叹息英雄骨冷，清泪不能收。鹦鹉更谁赋②，遗恨满芳洲。

注释　①鲒碕狂客：代指汉阳使君，古时有以籍贯称人的习惯。②鹦鹉：即鹦鹉洲，位于汉阳西南江边，汉末狂士祢衡的葬处，以祢衡《鹦鹉赋》而得名。

译文　大别山是我的知心朋友，它山势峭拔，高耸入云。阔别十年今又与其重逢，景色清丽如故。想起汉阳使君，他身穿羊裘，拄着拐杖，在大雪停后邀我登高。千仞群山，一轮弯月，湖水清澈，楼阁倒映。十年的岁月，仿佛一枕黄粱梦，还未察觉，岁月已匆匆而过。今天你我重逢，在碧山头相互追逐，健步如飞。畅饮美酒，评谈千古，感叹英雄豪杰都已逝去，不由得泪雨难收。现在谁作鹦鹉赋？壮志未酬，只有满腔遗恨。

王之道

王之道（1093—1169），字彦猷，祖籍濡须（今属安徽）。进士出身。先后担任过历阳令、承奉郎、镇抚司参谋官、开州知州、滁州通判等职。因坚决主战，忤逆秦桧，受其排挤。后退隐相山之下，自号相山居士。七十七岁卒。有《相山集》三十卷、《相山居士词》一卷。

如梦令

一晌凝情无语，手捻梅花何处。倚竹不胜愁，暗想江头归路。东去，东去，短艇淡烟疏雨。

译文　攀折梅花，忽然触景生情，心生愁思，拿着梅花却不知把它寄往何处。独倚着苍翠的竹子，想当日丈夫在江头扬帆远去，现在也该回来了吧。小船越走越远，越走越远，消失在迷蒙的烟雨中。

朱翌

朱翌（1097—1167），字新仲，号潜山居士、省事老人。祖籍舒州（今属安徽潜山），后迁往四明鄞县（今属浙江）。同上舍出身，先后担任过秘书少监、中书舍人、将作少监、韶州安置、秘阁修撰等职。著有《潜山集》四十四卷、《猗觉寮杂记》二卷，词集《潜山诗余》一卷，词有三首传世，风格俊逸。

点绛唇·雪中看西湖梅花作

流水泠泠①，断桥横路梅枝亚②。雪花飞下，浑似江南画。白璧青钱③，欲买春无价。归来也，风吹平野，一点香随马。

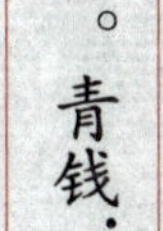

注释　①泠泠：声音清越的样子。②断桥：这里指段家桥。③白璧：平圆而中空的白玉，这里指贵重的玉器。青钱：通用的钱币。

译文　西湖流水声清脆悦耳，梅树的枝杈一直横斜到段家桥上，雪花静谧无声地落下，这景色好像一幅美丽的江南图画。不管是玉器还是钱币都没有用，因为春光无价。赏梅尽兴而返，春风吹过郊野，一缕梅香随马飘飞。

岳飞

岳飞（1103—1141），字鹏举。相州汤阴（今河南省汤阴县）人。南宋初抗金名将，著名民族英雄。他统帅的岳家军，纪律严明，英勇善战，屡破金兵。历任河南北诸路招讨使、枢密副使等职，封武昌郡开国公。由于他坚决反对向金人屈膝投降，被金人勾结南宋投降派头子赵构、秦桧阴谋害死。他诗词散文俱佳，字里

行间充溢着爱国英雄之气。

满江红

怒发冲冠①，凭阑处、潇潇雨歇。抬望眼、仰天长啸，壮怀激烈。三十功名尘与土，八千里路云和月。莫等闲、白了少年头，空悲切。 靖康耻，犹未雪，臣子恨，何时灭。驾长车踏破，贺兰山缺。壮志饥餐胡虏肉，笑谈渴饮匈奴血。待从头、收拾旧山河，朝天阙②。

注释 ①怒发冲冠：指愤怒之貌，语出《史记·廉颇蔺相如列传》：「相如因持璧，却立，怒发上冲冠。」

②天阙：指皇宫。

译文 我愤怒得头发冲冠，独自登高凭栏，阵阵风雨刚刚停歇。抬头远眺，天高空阔。我禁不住热血沸腾，仰天长啸，壮怀激烈。三十多年的功名如同尘土，转战八千余里，经过多少风云和淡月，熬过多少个日日夜夜。人生啊，也太短暂，光阴啊，也太紧迫！有志的男儿，要抓紧时间建功立业，不要随随便便把时光消磨，等两鬓苍苍时徒自悲切。

靖康年间的奇耻大辱，至今也不能洗雪。作为国家臣子的愤恨，何时才能泯灭！我要驾上战车，指挥千军万马横扫残胡，踏破贺兰山缺。我满怀壮志，饥饿时要吃敌人之肉，谈笑时若是口渴，也要喝敌人的鲜血。待我重新收复旧日的山河，再带着捷报去朝拜京城的宫阙，向皇帝奏报光复中原的喜悦。

朱淑真

朱淑真，南宋初女词人，生卒年不详，号幽栖居士，浙江钱塘人，祖籍安徽歙州。生于官宦家庭，自幼聪慧，广览经史，琴棋书画无一不通，尤善诗词，被称为一代才女。据传因婚姻不幸，忧郁而亡。其词风格婉约，抒情真切，又常有幽怨之音，并以『断肠』名其诗词以自伤。著有诗集《断肠集》、词集《断肠词》。现存古阁本《断肠词》一卷。

蝶恋花·送春

楼外垂杨千万缕，欲系青春①，少住春还去。犹自风前飘柳絮②，随春且看归何处。 绿满山川闻杜宇③，便做无情，莫也愁人苦④。把酒送春春不语，黄昏却下潇潇雨⑤。

 ①青春：此指春天。②犹自：仍然。③杜宇：杜鹃。④莫也：岂不。苦：一说为『意』。⑤潇潇：拟声词，形容雨声。

 楼外垂柳摇动千万缕枝条，想把春光系住。春天虽然稍作停留，但还是归去了。柳絮随风飘舞，似

乎要随春而去，看看春究竟归往何处。山川一片浓绿，偶尔传来杜鹃凄切的叫声。面对此情此景，即使无情之人，也会愁肠百结。举起酒杯为春光送行，岂知春已默默离去。黄昏时分，下起了潇潇细雨。

张抡

张抡，生卒年不详，开封（今属河南）人。绍兴间，知閤门事。淳熙五年（1178）曾为宁武军承宣使。自号莲社居士，今传《莲社词》一卷。

烛影摇红

双阙中天①，凤楼十二春寒浅。去年元夜奉宸游②，曾侍瑶池宴。玉殿珠帘尽卷，拥群仙、蓬壶阆苑③。五云深处④，万烛光中，揭天丝管。驰隙流年⑤，恍如一瞬星霜换。今宵谁念孤臣⑥，回首长安远。可是尘缘未断，漫惆怅、华胥梦短⑦。满怀幽恨，数点寒灯，几声归雁。

注释

①双阙：指皇宫，王建《鸡鸣曲》有『百官待漏双阙前，圣人亦挂山龙服』句。②宸游：宸的本意为北极星所在，后借指帝王所居，又引申为王位、帝王的代称，所以宸游就是帝王出游。③蓬壶阆苑：指神仙居所，蓬壶是传说中的海上仙山之一，阆苑也称阆风苑、阆风之苑，传说中在昆仑山之巅，是西王母居

住的地方。④五云：五色瑞云。骆宾王《为齐州父老请陪封禅表》有『瑞开三眷，祥洽五云』句。⑤驰隙：意同『白驹过隙』，形容时光流逝之速。⑥今宵谁念孤臣：别本作『今宵谁念泣孤臣』。⑦华胥梦：典出《列子·黄帝》，说黄帝即位十五年后，『昼寝而梦，游于华胥之国』。

译文

宫门前的双阙直插云天，十二重凤楼耸立，春寒尚浅。去年元宵之夜，我曾经侍奉着皇帝出游，并有幸参加了御宴。豪华的宫殿中，珍珠帘栊全部卷起，美女仿佛来自仙岛神山的仙子一般前呼后拥。在五色祥云深处，万点烛火当中，各种乐器演奏得震撼天地。时光如白驹过隙，恍惚间短短一瞬，世情便已改换。今日晚间，还有谁想到我这孤臣呢？黯然回首，都城是那么遥远。然而尘世的缘分未能割断，我只有无意义地惆怅着，往日如同美妙幻梦一般，可惜太过短暂了啊。我满怀无人了解的怨恨，眼前只有数点寒灯闪烁，耳畔是几声归雁在悲鸣。

韩元吉

韩元吉（1118—1187），字无咎，号南涧居士。颍昌府（今河南省许昌市）人，后寓居信州上饶（今江西省上饶市）。曾知剑州，大兴学校。官至吏部尚书、龙图阁学士。有词集《南涧诗馀》。

六州歌头

东风著意，先上小桃枝。红粉腻，娇如醉，倚朱扉。记年时，隐映新妆面，临水岸，春将半，云日暖，斜桥转，夹城西。草软莎平，跋马垂杨渡①，玉勒争嘶。认蛾眉，凝笑脸，薄拂燕脂，绣户曾窥，恨依依。共携手处，香如雾，红随步，怨春迟。消瘦损，凭谁问？只花知，泪空垂。旧日堂前燕，和烟雨，又双飞②。人自老，春长好，梦佳期，前度刘郎③，几许风流地，花也应悲。但茫茫暮霭，目断武陵溪④，往事难追。

注释

①跋马：勒马回转。②旧日三句：晏几道《临江仙》词：『落花人独立，微雨燕双飞。』此处化用其意。③前度刘郎：化用刘禹锡、刘晨事，此处是作者自指。④武陵溪：用陶渊明《桃花源记》故事，也暗借刘晨、阮肇事。

译文

春风特别注重情意，先把春光送给小桃花的花枝。红粉的花朵非常细腻，如同娇羞的美人，倚着朱红色的门扉。记得当年时，隐隐约约看见她新妆的粉面与黛眉。那里是临水的岸边，春光已经过半，天气格外温暖，转过斜桥，便是夹城的西畔。如茵的芳草十分柔软，我勒马走向垂柳纷披的渡口，马在春风中嘶鸣流连。我认得她那双美丽的秀眉，记得她那搽着薄粉的盈盈巧笑的脸蛋。我悄悄地去寻访她的家园，暗中偷

偷看过她的绣帘，留下无限的怅恨和依恋。当我们携手共游的时候，花香浓郁似雾非雾，落花随着我们的脚步，我暗自怨恨春光逐渐迟暮。如今空自消瘦，凭谁再去问伊人的消息？只有花儿自知，眼泪徒自暗垂。旧日堂前的小燕，在蒙蒙小雨中双双翻飞。人自然而然就要衰老，年年的春光却依旧美丽，只有在梦境中才能重温往日的欢会佳期。前度多情的刘郎，来到曾有几度欢乐的旧地，桃花也应为我而伤悲。只见迷迷茫茫的暮霭，再也寻不到武陵的桃花溪，以往的风流韵事，实在是难以追寻到一点点踪迹。

好事近

汴京赐宴①，闻教坊乐，有感。

凝碧旧池头，一听管弦凄切②。多少梨园声在③，总不堪华发。杏花无处避春愁，也傍野烟发④。唯有御沟声断，似知人呜咽。

注释

①汴京赐宴：南宋乾道九年，即金大定十三年（1173），韩元吉率领使团出使金国，贺万春节（金世宗生日），路过汴梁，得到赐宴。②凝碧旧池头，一听管弦凄切：语出王维《菩提寺禁裴迪来相看，说逆贼等凝碧池上作》有『秋槐叶落空宫里，凝碧池头奏管弦』句。③梨园：《新唐书·礼乐志》载：『玄宗既知音律，又酷爱法曲，选坐部伎子弟三百，教于梨园。声有误者，帝必觉而正之，号皇帝梨园弟子。』后来即以梨园

来指代乐工和戏曲班子。④野烟：指因战乱而生的烟火，前引王维《菩提寺禁裴迪来相看，说逆贼等，凝碧池上作》即有『万户伤心生野烟，百僚何日更朝天』句。

【译文】我在旧日的凝碧池头，听到管弦乐声是如此凄切。当年的宫廷乐师还有多少人仍在奏乐啊，又让我这白发之人如何忍受呢？杏花找不到可以躲避春愁的地方，只好陪伴着野外的硝烟而开。只有御沟中流水的声音时断时续，仿佛明白我心底的呜咽啊。

袁去华

袁去华，字宣卿，奉新（今属江西）人。绍兴十五年（1145）进士。曾任善化、石首知县。著有《适斋类稿》《袁宣卿词》。

瑞鹤仙①

郊原初过雨，见败叶零乱，风定犹舞。斜阳挂深树，映浓愁浅黛，遥山媚妩②。来时旧路，尚岩花、娇黄半吐。到而今，唯有溪边流水，见人如故。无语。邮亭深静③，下马还寻④，旧曾题处⑤。无聊倦旅，伤离恨，最愁苦。纵收香藏镜⑥，他年重到，人面桃花在否⑦？念沉沉、小阁幽窗⑧，有时梦去。

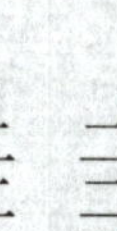

【注释】①这首词写离愁别恨。词人离开心上人，行走在败叶零乱的郊原上，心绪忧伤；他在邮亭住下，『伤离恨，最愁苦』，想到他年旧地重游，心上人未必还在，惆怅不已。移情于景，兴象玲珑；感今思后，深情哀婉。②媚妩（wǔ）：姿态美好可爱。③邮亭：古时设在官道旁供邮递人员和旅客歇宿的馆舍。④还：同『旋』，立即。⑤题：题写诗词。古代文士喜于邮亭、驿站等处题诗（词）。⑥收香藏镜：收藏好情人赠送的礼物或纪念品。用东汉秦嘉的典故。秦嘉因公务入京，离家时其妻徐淑正卧病娘家，秦嘉留赠她宝钗、明镜、好香、素琴，表达深情。⑦人面：指心上人。参看晏殊《清平乐》（红笺小字）注。⑧小阁幽窗：指情人住处。

【译文】郊外原野上刚刚下过一场雨，只见枯叶随风飘散，风住了尚自在空中飞舞。夕阳挂在树林梢头，映照着姿态美好的远山，好像佳人那带着浓愁的浅浅的黛眉。当初来时路上，山岩上野花初放，吐露出嫩黄的颜色；如今却只有溪里的流水，见了我还和过去一样。我默默无语，来到空旷寂寞的客馆，下得马来，立即去寻找原来为她题诗的地方。我这个心中空无依托的疲倦的旅人，为离恨所伤，愁苦到了极点。纵然她把我送她的礼物珍藏，将来我重到旧地，她还会在那里吗？我深沉地怀念那小小的楼阁，幽静的纱窗，那是我们曾经欢聚的地方，现在只好有时梦中前往。

剑器近①

夜来雨，赖倩得东风吹住。海棠正妖娆处，且留取。悄庭户，试细听莺啼燕语，分明共人愁绪，怕春去。

佳树，翠阴初转午。重帘未卷，乍睡起，寂寞看风絮。偷弹清泪寄烟波，见江头故人②，为言憔悴如许。彩笺无数，去却寒暄③，到了浑无定据。断肠落日千山暮。

注释

①剑器近：词牌名。可能源于唐代舞曲《剑器》。双曳头，三片九十六字。②偷弹二句：孟浩然《宿桐庐江寄广陵旧游》诗：『还将两行泪，遥寄海西头。』此处化用其意。③寒暄：问候起居寒暖的客套话。

译文

多么有情的春风，吹断夜间的绵绵丝雨。那带雨的海棠花分外妖娆美丽。愿这样的美景长留不去。庭院中悄然静寂。仔细聆听，小燕呢喃软语，黄莺啼唱呖呖，分明与人一样满怀愁绪，生怕春天匆匆归去。枝条美丽的绿树，树荫刚刚转过正午。我刚刚睡起，睡眼惺忪，尚垂着层层帘幕，寂寞地观看随风飘转的柳絮。我偷偷弹掉伤心的眼泪，寄予那轻烟迷蒙的江水。待江水流到江头的故人那里，好诉说我如今是怎样的憔悴。唉，你寄来的情书不计其数，除去那些问寒问暖的客套话语，最关键的归期却毫无定据，也没有说明何日才是归期。夕阳中我呆呆地凝神伫立，所见到的只是暮色苍茫，千山暗淡凄迷。

安公子

弱柳丝千缕，嫩黄匀遍鸦啼处。寒入罗衣春尚浅，过一番风雨。问燕子来时，绿水桥边路。曾画楼、见个人人否？料静掩云窗①，尘满哀弦危柱。

庾信愁如许②，为谁都著眉端聚。独立东风弹泪眼，寄烟波东去。念永昼春闲，人倦如何度？闲傍枕、百啭黄鹂语。唤觉来厌厌，残照依然花坞。

注释

①云窗：华美的窗户，常指女子居处。②庾信愁如许：庾信曾作《愁赋》，今已亡佚，只能从各家引用中找到一些残篇。

译文

千缕柔弱的柳丝，嫩黄得如同初匀新妆一般，其中有乌鸦在鸣叫。春意未浓，寒气透入罗衣，又经过了一场风雨。请问燕子你飞来的时候，经过绿水桥边道路，是否曾在画楼中看到过那个人呢？想必她静静地掩起华美的窗户，灰尘已经罩满了琴瑟吧。庾信曾作《愁赋》，其中有多少惆怅啊，为何全都聚拢到我的眉上来了呢？我独自站立在东风之中，将眼泪弹落到烟蒙蒙的水里，向东流去。想那漫长的白昼、无聊的春日，似我这般倦怠，又该如何度过呢？无聊地倚靠着枕头，那黄鹂百啭鸣叫，将我从梦中恹恹地唤醒，只见残阳啊，依旧照在花坞之上。

程垓

程垓，字正伯，号书舟。眉山（今属四川）人。苏轼中表程正辅之孙。淳熙间常到临安。工诗文，词风凄婉锦丽。有《书舟词》。

水龙吟

夜来风雨匆匆，故园定是花无几。愁多怨极①，等闲孤负②，一年芳意。柳困桃慵③，杏青梅小，对人容易④。算好春长在，好花长见，元只是、人憔悴。

回首池南旧事⑤，恨星星⑥、不堪重记。如今但有，看花老眼，伤时清泪。不怕逢花瘦，只愁怕、老来风味。待繁红乱处，留云借月，也须拚醉。

注释

①怨极：别本作『愁极』。②孤负：等同于辜负。③桃慵：别本作『花慵』。④容易：这里指轻率、草率、轻易。⑤池南：指陕西阳池之南，为归蜀必经之路，苏轼《西太一见王荆公旧诗偶次其韵》有『从此归耕剑外，何人送我池南』句。⑥星星：指白发。孟郊《溧阳秋霁》有『星星满衰鬓，耿耿入秋怀』句。

译文

昨夜一场风雨，匆匆而来，想必故园中繁花凋零，应该剩不下多少了吧。愁烦实在是多啊，怨恨又到了极处，不慎便辜负了一年中的大好春光。转眼间杨柳困倦、桃花慵懒、杏子青涩、梅子小小，显得是那么的轻率。可是仔细想来，好春永远都在，好花经常能见，原来只是因为人变得憔悴了，才会感觉春天去得太快。

想那家乡的旧事，只恨时光荏苒、白发渐生，真的不愿再去回忆了。如今我只是用衰老的眼睛去看花，因为感伤时事而落泪。不怕遭逢花朵凋零的季节，只是担忧品尝到年华老去的滋味。想要在繁花凌乱的时候，留住漂浮的云，暂借团圆之月，就必须能够拚得一醉啊！

张孝祥

张孝祥（1132—1169），字安国，号于湖居士，历阳乌江（今安徽和县乌江镇）人。绍兴二十四年（1154）状元。孝宗朝，累迁中书舍人，直学院士，领建康留守，因赞助张浚北伐罢职。后知荆南府，兼荆湖北路安抚使，有政绩。因病退居，卒于芜湖。善诗文，工词，词风豪放。著有《于湖居士文集》《于湖词》。

六州歌头

长淮望断①，关塞莽然平。征尘暗，霜风劲，悄边声。黯消凝，追想当年事，殆天数，非人力；洙泗上，弦歌地，亦膻腥②。隔水毡乡，落日牛羊下，区脱纵横③。看名王宵猎，骑火一川明，笳鼓悲鸣，遣人惊。

念腰间箭，匣中剑，空埃蠹，竟何成！时易失，心徒壮，岁将零，渺神京。干羽方怀远，静烽燧，且休兵④。冠盖使，纷驰骛，若为情。闻道中原遗老，常南望、翠葆霓旌⑤。使行人到此，忠愤气填膺，

有泪如倾。

注释 ①长淮：指淮河，当时为宋金的分界线。②膻（shān）腥：指代落后的金国。③区（ōu）脱：匈奴语称边境屯戍或守望的土堡为区脱。④烽燧（suì）：报警传讯的烽烟。白天举烟为燧，夜里燃火曰烽。⑤翠葆霓旌：指皇帝的仪仗。翠葆，即翠羽，以鸟羽为饰的车盖。

译文 伫立淮河岸边极目望远，关塞野草丛茂平坦广阔。北伐的征尘已暗淡无光，寒冷的秋风在使劲地吹，边塞上静寂悄然无声响。我凝神伫望心情渐黯淡，追想起当年的中原沦陷，恐天意运数非人力扭转；在孔门求学的洙泗水边，在弦歌交奏的礼乐之邦，也都已经变作膻腥一片。隔河相望是敌军的毡帐，黄昏牛羊返圈纵横据点。看金兵将领夜间去出猎，骑兵手持火把照亮平川，胡笳悲壮声音令人心寒。想我腰间弓箭匣中宝剑，遭了蠹虫尘埃侵染腐朽，满怀壮志竟然不得施展！时机易流失壮心自雄健，岁暮将残复汴京更邈远。朝廷推行礼乐怀柔靖远，边境烽烟宁静暂且休兵。冠服乘车使者奔驰匆匆，实在让人羞愧难为情。听说中原父老常盼朝廷、翠盖车队前行彩旗蔽空。使得行人纷纷来到此地，忠愤气填膺热泪洒前胸。

念奴娇

洞庭青草，近中秋、更无一点风色。玉鉴琼田三万顷，著我扁舟一叶。素月分辉，银河共影，表里俱澄澈。悠然心会，妙处难与君说。应念岭海经年①，孤光自照，肝胆皆冰雪。短发萧骚襟袖冷，稳泛沧浪空阔。尽挹西江②，细斟北斗，万象为宾客。扣舷独啸，不知今夕何夕。

注释 ①岭海：指两广，其北有五岭，南有南海，故称。②挹：舀。西江：指长江，长江自西来，故称。

译文 洞庭湖青草湖临近中秋时节，湖面上更加是没有一点风浪。三万顷湖面像玉镜一样晶莹，我独驾着一叶小舟自由飘荡。月亮洒下清辉湖面银河倒影，夜空和湖面全都是空明澄澈。我身在其中很难用语言表达。会想到在岭南任职的一年中，应有寒月的弧光来照我心明，肝胆都如同冰雪般晶莹剔透。满头稀疏的短发两袖清冷冷，在空阔的沧浪里顺流飘动着。将西来的长江水作美酒掏净，将美酒斟满到了北斗的酒盅，邀来天地万物做宾客享美景。我们一起引吭高歌欢饮达旦，都忘了今夜到底是哪一夜了。

陆淞

陆淞，字子逸，号云溪，又号雪窗。越州山阴县（今浙江绍兴）人。陆游的订兄。曾知辰州，晚年因病退隐。

瑞鹤仙

脸霞红印枕，睡觉来①、冠儿还是不整。屏间麝煤冷②，但眉峰压翠，泪珠弹粉。堂深昼永，燕交飞、

风帘露井。恨无人说与，相思近日，带围宽尽。　重省，残灯朱幌，淡月纱窗，那时风景。阳台路迥。云雨梦，便无准。待归来，先指花梢教看，欲把心期细问③。问因循过了青春④，怎生意稳？

注释　①睡觉：睡醒。②麝煤：当指麝香已熄灭，故显得冷清。一说作墨的原料，为墨的代称，此处代指水墨画。与词意不合。③心期：犹心意，心愿。④因循：延误，拖沓。

译文　红霞般的脸庞印着枕痕，显然是睡觉醒来，花冠还不规整。彩屏间的水墨画一片清冷。黛色的双眉堆峰叠翠，流下的泪珠还带着脂粉。画堂空寂，白天太长太难熬。双燕来回飞舞，嬉戏在风帘露井。只恨没有人可倾诉相思之情，近日来新渐消瘦，腰带越来越宽松。　我又回忆起以前的往事，红色帷幔中一盏残灯，淡淡的月光映着窗棂，那种温馨迷人的情景。如今通向阳台的道路该多么遥远迷蒙，就连想要做做巫山云雨的美梦，也没有一个定准。等你归来后，我一定要先指着花梢，让你看一看花儿已经飘零，再把你的心意细细盘问。我想要问一问你，为什么如此拖沓因循，耽误了多少大好的青春，又如何能够意稳心平？

陆　游

陆游（1125—1210），字务观，自号放翁，山阴（今浙江绍兴）人。绍兴中，应礼部试，被秦桧所黜。

孝宗时，赐进士出身。孝宗朝曾任川陕宣抚使王炎幕府干办公事兼检法官，积极筹划恢复中原。曾任镇江、隆兴、夔州通判。一生主张抗战，曾投身军旅生活。官至寓章阁待制，晚年隐居山阴。是著名诗人，亦工词。著有《剑南诗稿》《渭南文集》《南唐书》《老学庵笔记》《放翁词》。

卜算子·咏梅

驿外断桥边，寂寞开无主。已是黄昏独自愁，更著风和雨。　无意苦争春，一任群芳妒。零落成泥碾作尘，只有香如故。

译文　在那驿站外的断桥边，梅花独自寂寞地开放。已到黄昏还独自感伤，又要经受那风雨摧残。　她并非有意争占春光，任凭那百花讥嘲嫉妒。纵然凋零后变成泥土，沁人清香却依然如故。

渔家傲①

东望山阴何处是②？来往一万三千里。写得家书空满纸，流清泪，书回已是明年事。　寄语红桥桥下水③，扁舟何日寻兄弟？行遍天下真老矣。愁无寐，鬓丝几缕茶烟里。

注释　①这首词写对家乡和亲人的思念，同时感慨万里漂泊，事业无成，心中充满志士不得志的悲哀。沉郁苍凉，语浅味厚。结处尤妙，空灵蕴藉。②山阴：古县名，即今浙江省绍兴市，词人的故乡。当时词人

在蜀中（今四川省）。③红桥：在山阴县西七里处。

译文　往东眺望，我的故乡山阴在什么地方？从此到彼，来往路程一万三千里长。家信写满了信纸，空费思量；凄凉的泪水不住往下淌。接到家里回信，想必已是明年时光。　捎句话问一问红桥下的流水，什么时候我能乘着小船找到兄弟？走遍了天下，如今我真是衰老疲惫。我心中是那么忧愁，无法入睡；坐在桌旁，鬓边几缕白发在茶烟里战栗。

鹧鸪天

家住苍烟落照间，丝毫尘事不相关。斟残玉瀣行穿竹①，卷罢黄庭卧看山②。　贪啸傲，任衰残，不妨随处一开颜。元知造物心肠别，老却英雄似等闲！

注释　①玉瀣：酒。②黄庭：道家论养生之道的经书。

译文　家住在优美纯净的乡间，凡尘俗事与我毫不相干。畅饮美酒后在竹林中散步，看完了《黄庭》后躺下来欣赏山中美景。　贪图这种无拘束的生活，任凭自己终老田园。随处都能看见让自己愉悦的事物，不如随遇而安。我早就知道造物者无情，它白白地让英雄衰老而死却视之等闲。

鹊桥仙

一竿风月，一蓑烟雨，家在钓台西住。卖鱼生怕近城门，况肯到红尘深处？　潮生理棹，潮平系缆，潮落浩歌归去。时人错把比严光，我自是无名渔父。

译文　一根竹竿，一件蓑衣，在明月下撒网，在烟雨中撑船，家就在当年严光垂钓的钓台之西。渔父害怕靠近繁华喧闹的城门，更不肯在红尘深处栖身。　潮升时理棹，潮平时系缆，潮落后高唱渔歌返回。世人都错误地把我比作严光，而我只是一介渔民，默默无闻。

秋波媚

七月十六晚，登高兴亭①，望长安南山。

秋到边城角声哀，烽火照高台。悲歌击筑，凭高酹酒②，此兴悠哉！　多情谁似南山月，特地暮云开。灞桥烟柳，曲江池馆，应待人来。

注释　①高兴亭：见陆游《重九无菊有感》诗注：『高兴亭在南郑子城西北，正对南山。』子城指大城附近的小城。②酹酒：起誓或祭祀时将酒泼洒于地，此处有祝愿收复失地之意。

译文　秋色笼罩着边城，城里角声慷慨悲壮，高台上烽火熊熊。我击筑高歌，临高洒酒，故土收复成功在

望，真让我无限高兴！　南山明月多情，今夜特意驱散层层云雾，光照大地。灞桥边含烟的杨柳，以及曲江池馆，想必都在等待宋朝军队的归来。

钗头凤

红酥手，黄縢酒，满城春色宫墙柳①。东风恶，欢情薄，一怀愁绪，几年离索。错，错，错！　春如旧，人空瘦，泪痕红浥鲛绡透。桃花落，闲池阁，山盟虽在，锦书难托。莫，莫，莫！

注释　①宫墙柳：词人以柳比喻自己的前妻唐婉。

译文　红润柔软的手，捧出黄封酒，满城荡漾着春天的景色，宫墙里摇曳着绿柳。东风多么可恶，把浓郁的欢情吹得那样稀薄，满怀抑塞着忧愁的情绪，离别几年来的生活十分萧索。回顾起来都是错，错，错！

美丽的春景依然如旧，只是人却白白相思得消瘦，泪水洗尽脸上的胭红，把薄绸的手帕全都湿透。满园的桃花已经凋落，幽雅的池塘也已干涸，永远相爱的誓言虽在，可是锦书没有人可以投托。深思熟虑一下，只有莫，莫，莫！

南乡子

归梦寄吴樯①，水驿江程去路长②。想见芳洲初系缆，斜阳，烟树参差认武昌。　愁鬓点新霜，

曾是朝衣染御香。重到故乡交旧少，凄凉，却恐他乡胜故乡。

注释　①吴樯：指归吴船只。②驿：古时专为朝廷传送文书者所建的休息、换马之所，此处泛指行程。

译文　孤身乘坐归吴的船只，虽然已经走过许多水陆途程，但前路依然遥远。设想在夕阳渐落时，把船系缆在百花争艳的小洲旁，远处烟霞笼罩、树木参差起伏的地方应该是武昌吧。　愁苦使人两鬓又添白发，仿佛落上了刚降的霜。曾经身穿朝服，衣服上沾满了皇宫的香气。重回故地，想必老朋友已经很少了，恐怕故乡比他乡更凄凉。

诉衷情

当年万里觅封侯，匹马戍梁州。关河梦断何处，尘暗旧貂裘。　胡未灭，鬓先秋，泪空流。此生谁料，心在天山，身老沧洲①。

注释　①沧洲：水边，古时常用来指代隐士的居处。此处指闲居之地。

译文　回忆当年鹏程万里为了寻觅封侯，单枪匹马奔赴边境保卫梁州。如今防守边疆要塞的从军生活已成梦中之景，梦一醒知在何处？灰尘已经盖满了旧时出征的貂裘。　胡人还未消灭，鬓边已呈秋霜，感伤的眼泪白白地淌流。这一生谁能预料，原想一心一意抗敌在天山，如今却一辈子老死于沧洲。

唐婉

唐婉，字蕙仙，陆游的表妹。她自幼聪慧，文采斐然，曾嫁与陆游为妻，但因种种原因，陆游的母亲将他们拆散，唐婉改嫁赵士程。1155年，陆游礼部会试不成，去沈园游玩，和唐婉不期而遇，两人都很悲痛。陆游题《钗头凤》（红酥手）词于墙上以抒哀情。1156年，唐婉重游沈园，看到了陆游的《钗头凤》（红酥手）词，感慨不已，和了一首《钗头凤》（世情薄）。之后不久便郁郁而死。

钗头凤

世情薄，人情恶，雨送黄昏花易落。晓风干，泪痕残。欲笺心事，独语斜阑。难，难，难！　人成各，今非昨，病魂常似秋千索。角声寒，夜阑珊。怕人寻问，咽泪装欢。瞒，瞒，瞒！

译文　世情如纸薄，人情险恶，风雨摧残，黄昏的花朵更容易凋落。晨风吹干了泪水，脸上还残留着斑斑泪痕。想写下心事，可又有诸多不便，只好独倚栏杆，自语自言。这真是，做人难，抗争难，就连一吐苦衷也难！　我们被迫分离，各奔东西，日子与从前相比已经大不相同。久病缠身，心绪不佳，生活如秋千摇摆不定。城上吹起凄切的角声，漫漫长夜将尽。怕人询问我的心事，只好吞下泪水，强颜装欢。满腹的心事只有瞒瞒瞒！

陈亮

陈亮（1143—1194），字同甫，号龙川，婺州永康（今属浙江）人。绍熙四年（1193）进士。授签书建康府判官厅公事，未赴而卒。陈亮力主抗金，反对和议，曾遭忌被诬入狱。词风豪迈，与辛弃疾唱和较多。有《龙川文集》《龙川词》。

水龙吟·春恨

闹花深处楼台①，画帘半卷东风软。春归翠陌，平莎茸嫩，垂杨金浅。迟日催花，淡云阁雨，轻寒轻暖。恨芳菲世界，游人未赏，都付与、莺和燕。　寂寞凭高念远，向南楼、一声归雁。金钗斗草，青丝勒马，风流云散。罗绶分香，翠绡封泪②，几多幽怨。正销魂，又是疏烟淡月，子规声断。

注释　①闹花：别本作『闹红』，都是指繁花盛开。楼台：别本作『层楼』。②翠绡封泪：典出《丽情集》：『灼灼，锦城官妓，善舞《柘枝》，能歌《水调》，御史裴质与之善。裴召还，灼灼以软绡聚红泪为寄。』

译文　繁花深处有座楼台，画帘半卷，东风绵软。春天回到了翠绿的田间小路上，平铺的莎草才刚生出茸茸嫩芽，杨柳如同垂下浅色的金线。迟迟的阳光催促花儿开放，淡淡的云彩止住了小雨轻洒，略有些寒意，又略有些暖意。只恨这花木葱茏的美丽世界啊，游人还没来得及欣赏，却都先交给了黄莺和燕子。　寂寞

中我登上高处，思念远人，在南楼上听到归雁鸣叫。少女用金钗来斗草，少年以青丝绳系马，这种种欢娱很快就烟消云散了。分别之际，用罗带来拆分香气，用绿丝巾封起粉泪，又有多少幽怨。正是销魂时分啊，就在那烟雾稀疏、月光黯淡，杜鹃鸟断续鸣叫的时节。

范成大

范成大（1126—1193），字致能，号石湖居士，苏州吴县（今属江苏）人。绍兴二十四年（1154）进士。历知处州、静江府兼广南西路安抚使，参知政事等职。曾使金，不辱君命。诗多关心时政民生之作。词风清逸淡远。著有《石湖居士诗集》《石湖词》等。

忆秦娥

楼阴缺，阑干影卧东厢月。东厢月，一天风露，杏花如雪。　隔烟催漏金虬咽①，罗帏黯淡灯花结②。灯花结，片时春梦，江南天阔。

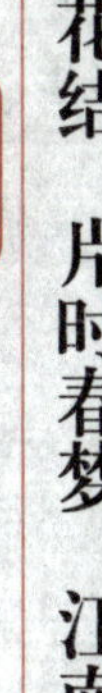

注释　①金虬（qiú）：铜制的龙。装在漏壶上计时用。②灯花：油灯灯芯的余烬，爆成花形，古人以为吉利。

译文　楼阁在树荫遮蔽下露出一角，明月映照东厢杆影斜卧地面。照在东厢的月儿明亮又皎洁，满天里到处都呈现清风雨露，盛开的杏花如雪般洁白如雨。烛烟传来滴水声如铜龙呜咽，纱罗帏帐黯淡灯花已经作结。油灯灯芯余烬爆成花形作结，我进入短暂却又美妙的春梦，梦见了天地开阔的美景江南。

眼儿媚

萍乡道中乍晴，卧舆中困甚，小憩柳塘。

酣酣日脚紫烟浮①，妍暖破轻裘。困人天色，醉人花气，午梦扶头②。　春慵恰似春塘水，一片縠纹愁③。溶溶曳曳④，东风无力，欲避还休。

注释　①酣酣：艳丽旺盛的样子。日脚，穿过云隙下射的日光。②扶头：即扶头酒，指易醉的酒。这里指花醉如酒。③縠（hú）纹：皱纹，多指喻水的波纹。④溶溶曳曳：荡漾的样子。

译文　和煦的阳光照着飘浮的紫烟，暖意袭人敞开了轻轻的皮衣。催人困倦的天气陶醉的花香，正午昏昏沉沉像喝了扶头酒。　春日的慵懒就像春天的池水，水面片片涟漪就像春愁泛起。水波轻轻荡漾东风柔软无力，倏忽间又被微波抹去不见了。

霜天晓角①

晚晴风歇，一夜春威折②。脉脉花疏天淡，云来去，数枝雪。　胜绝，愁亦绝，此情谁共说。

惟有两行低雁，知人倚画楼月。

注释 ①霜天晓角：词牌名。又名月当窗、踏月、长桥夜。双调四十三字。②春威：初春的寒威。俗谓『倒春寒』。

译文 一夜春寒凛冽，如今寒气已渐渐消削，傍晚时候天晴雨歇。稀疏的寒梅温情脉脉，浮云在天上来来去去，数枝梅花洁白如雪。 这景致美到极点，人的愁情也到了极限。空对这良辰美景，我寂寞孤单，向谁去倾诉心中的焦烦？只有那两行低飞的鸿雁，知道我独倚画楼，日日夜夜都把你思念、把你渴盼。

杨万里

杨万里（1127—1206），字廷秀，号诚斋，祖籍吉州吉水（今属江西）。进士出身，先后担任过太常博士、广东提点刑狱、尚书左司郎中兼太子侍读、秘书监等职。他力主抗金，为官耿直，后受小人排挤，回乡退隐，郁郁而亡。他以诗名世，是著名的『南宋四家』之一。词风清俊空灵，有《诚斋集》传世。

好事近

七月十三日夜登万花川谷望月作。

月未到诚斋①，先到万花川谷②。不足诚斋无月，隔一庭修竹③。 如今才是十三夜，月色已如玉。未是秋光奇艳，看十五十六。

注释 ①诚斋：词人的书房名。②万花川谷：词人对『诚斋』附近花圃的称呼。③修竹：又长又直、青翠整齐的竹子。

译文 皎洁的月光还未照到我的书房，却先照到了花圃。不是月光照不进书房，而是月光被茂密的修竹阻挡住了。 今天才是十三的夜晚，月色已经像玉一般晶莹光洁。但这并不是赏月的最佳时刻，十五、十六才是月亮最美的时候。

昭君怨·咏荷上雨

午梦扁舟花底①，香满西湖烟水。急雨打篷声，梦初惊。 却是池荷跳雨，散了真珠还聚。聚作水银窝，泛清波。

注释 ①扁舟：小舟。花底：花的底下。

译文 夏日午觉中梦见自己在西湖的荷花丛中荡舟，满湖烟水迷茫，荷花清香扑鼻。忽然一阵急雨敲打船篷，把我从赏荷的梦境中惊醒。 原来只是急雨击打池中的荷叶声把我惊醒。雨打荷叶，雨珠跳上跳下；

晶莹的雨点忽聚忽散，仿佛是断了线的珍珠。雨珠最后聚在叶心，如水银般亮晶晶。荷叶承受不住，雨珠又泻入湖中。

朱熹

朱熹（1130—1200），字元晦，号晦庵，祖籍徽州婺源（今属江西）。进士出身，先后在高宗、孝宗、光宗、宁宗四朝为官，卒于庆元六年（1200）。他博闻强识，掌握了经学、史学、文学、乐律乃至自然科学等多方面的知识。其词清秀、疏俊而不失于晦涩、浓艳。

水调歌头·隐括杜牧之齐山诗

江水浸云影，鸿雁欲南飞。携壶结客何处①，空翠渺烟霏。尘世难逢一笑，况有紫萸黄菊，堪插满头归。风景今朝是，身世昔人非。

酬佳节，需酩酊，莫相违。人生如寄，何事辛苦怨斜晖。无尽今来古往，多少春花秋月，那更有危机。与问牛山客，何必独沾衣。

①结客：和客人们一起登山。

澄澈的江面上倒映着云影，鸿雁向南飞去。在这美丽之秋，应邀集友人，带着酒壶找一个苍翠缥缈、烟云氤氲的地方去饮酒。世间难见人一笑，不如饮酒作乐，采摘紫色的茱萸、黄色的菊花插在头上。美好的风景年年都有，今天又看到了，而人世今非昨。

为庆贺重阳佳节，应该喝得酩酊大醉，请不要推辞不喝。人生短促，仿佛寄生在这个世界，何必劳苦奔波事事怨天尤人呢？古往今来，历史轮回，人间多少春花秋月，无不包含危机。所以问一问齐景公，何必为人生短暂而泪湿衣襟！

严蕊

严蕊，原姓周，字幼芳，祖籍天台（今浙江天台县），是南宋一名色艺双全的艺伎。她的词作多出新意，颇有声名。因与知州唐仲友交好，遭到道学家朱熹的迫害，但她宁死不屈。后来，岳霖代替朱熹担任地方官，同情严蕊的遭遇，将其无罪释放。

卜算子

不是爱风尘，似被前缘误。花落花开自有时，总赖东君主①。

去也终须去，住也如何住！若得山花插满头，莫问奴归处。

①东君：掌管春天的神，这里代指岳霖。

译文 不是我喜欢风尘生活，自甘堕落，仿佛是前生注定。花开和花落都有一定的时间，全靠东君花神做主。我不堪忍受这种生活，一定要离开这里。如果获得自由，一定要走自己的路，做一个普通的女子！

李处全

李处全（1134—1189），字粹伯，号晦庵，祖籍徐州丰县。进士出身，先后担任过侍御史、袁州知州、舒州知州等职。

水调歌头·冒大风渡沙子

落日暝云合，客子意如何。定知今日，封六巽二弄干戈①。四望际天空阔，一叶凌涛掀舞，壮志未消磨。为向吴儿道，听我扣舷歌。

我常欲，利剑戟，斩蛟鼍②。胡尘未扫，指挥壮士挽天河。谁料半生忧患，成就如今老态，白发逐年多。对此貌无恐，心亦畏风波。

注释 ①封六巽二：指传说中的雪神和风神。②蛟鼍：这里代指金兵。

译文 黄昏时分，阴霾满天，游子又有什么想法呢？肯定是今日，雪神和风神要大动干戈。环顾四周，天高水阔，一叶扁舟在大风恶浪的冲击下，随波漂荡。我的雄心壮志并没有被消磨，无须害怕狂风恶浪，请听我扣舷高歌。

我要磨快剑戟，斩杀妖魔。专横的金兵还没有被赶退，还需要我指挥将士力挽狂澜，报效国家。谁想半生辛苦操劳，只换来今日老态龙钟，而且白发年年增多。对此我并不害怕，只是担心国势动荡不安。

赵长卿

赵长卿，号仙源居士，南丰（在今江西境内）人，宋朝宗室。一生不愿走仕途，而以把酒吟咏为乐，随心随性随意，文辞精妙，常有清雅疏淡的韵致。现有《惜香乐府》传世。

阮郎归·客中见梅

年年为客遍天涯，梦迟归路赊①。无端星月浸窗纱，一枝寒影斜。

肠未断，鬓先华，新来瘦转加。角声吹彻《小梅花》，夜长人忆家。

注释 ①赊：长，远。

译文 年年都为客，时时漂泊在天涯。回家的好梦总是姗姗来迟，梦中回乡的路竟也那么遥远。在床上辗转之间，忽然发现那浸透了月光的窗纱上，映出一枝梅花横斜的姿影，显得格外清冷、寂寥。

思乡之情

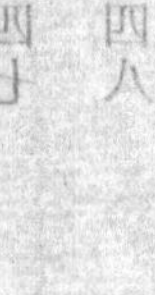

使人愁断肠，即使断未肠，但两鬓早已花白，而人也逐渐消瘦下去了。角声吹出《小梅花》，曲调悲凉，长夜漫漫，一个人长久地思念家乡。

辛弃疾

辛弃疾（1140—1207），字幼安，号稼轩。济南府历城县（今山东省济南市）人。南宋时期著名的爱国志士，民族英雄，也是最杰出的爱国词人。他的词内容丰富，风格多样，而抗金复国、反对苟安是基调，沉雄豪放是主导风格。有词集《稼轩长短句》。

贺新郎·别茂嘉十二弟

绿树听鹈鴂①，更那堪、鹧鸪声住②，杜鹃声切。啼到春归无寻处，苦恨芳菲都歇。算未抵、人间离别。马上琵琶关塞黑，更长门、翠辇辞金阙，看燕燕，送归妾。

将军百战身名裂，向河梁、回头万里，故人长绝。易水萧萧西风冷，满座衣冠似雪。正壮士、悲歌未彻。啼鸟还知如许恨，料不啼清泪长啼血。谁共我，醉明月。

注释 ①鹈鴂（tí jué）：鸟名，鸣于暮春。②鹧鸪：鸟名，鸣声凄切。

译文 绿树丛中鹈鴂声声啼叫，更那堪鹧鸪的叫声刚停，杜鹃凄切的叫声又响起。凄咽啼到春光无处可寻，苦恨芬芳百花都已枯萎。算来也难抵人间生死别。王昭君马上琵琶奔荒野，更有阿娇退居长门别馆，辞别皇宫金阙愁者心情，望着双双飞燕送走爱妾。

名将身经百战身败名裂，送别苏武回头遥望故国，将与故友永远诀别不见。荆轲冒着秋风易水寒冽，送别宾客素衣像片白雪。悲歌未终又是何等激越。啼鸟若知人间悲恨痛切，料它不啼清泪而长啼血。谁与我饮酒举杯赏明月。

念奴娇·书东流村壁①

野塘花落，又匆匆过了清明时节。刬地东风欺客梦②，一枕云屏寒怯。曲岸持觞，垂杨系马，此地曾经别。楼空人去，旧游飞燕能说③。

闻道绮陌东头④，行人曾见，帘底纤纤月⑤。旧恨春江流不尽，新恨云山千叠。料得明朝，尊前重见，镜里花难折。也应惊问，近来多少华发？

注释 ①东流：旧县名，故址在今安徽东至。②刬地：无端，平白无故。③楼空二句：苏轼《永遇乐》词：『燕子楼空，佳人何在？空锁楼中燕。』此处化用其意。④绮陌：繁华的街道。宋人多用以指花街柳巷。⑤纤纤月：形容美人足纤细。刘过《沁园春》（咏美人足）：『知何似，似一钩新月，浅碧笼云。』

译文 野塘边的花儿纷纷飘落，匆匆又过了清明时节。东风无端地欺凌行客，竟把我的短梦惊觉。凉气侵

使人愁断肠，即使断肠未断，但西窗早已花白，而人也逐渐消瘦下去了。角声吹出《小梅花》，曲调悲凉：天
夜遥，一个人长久地思念家乡。

辛弃疾

辛弃疾（1140—1207），字幼安，号稼轩。济南府历城县（今山东省济南市）人。南宋时期著名的爱国志士，民族英雄，也是最杰出的爱国词人。他的词内容丰富，风格多样，而抗金复国、反对苟安是基调，沉雄豪放是主导风格。有词集《稼轩长短句》。

贺新郎·别茂嘉十二弟

绿树听鹈鴂①，更那堪、鹧鸪声住②，杜鹃声切。啼到春归无寻处，苦恨芳菲都歇。算未抵、人间离别。马上琵琶关塞黑，更长门、翠辇辞金阙。看燕燕，送归妾。　将军百战身名裂。向河梁、回头万里，故人长绝。易水萧萧西风冷，满座衣冠似雪。正壮士、悲歌未彻。啼鸟还知如许恨，料不啼清泪长啼血。谁共我，醉明月。

【注释】①鹈鴂（tí jué）：鸟名。鸣于暮春。②鹧鸪：鸟名，鸣声凄切。

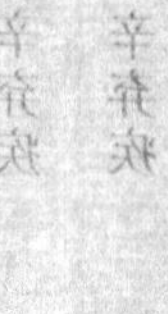

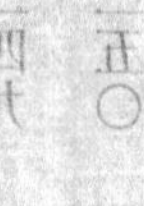

【译文】绿树丛中鹈鴂声声啼叫，更那堪鹧鸪的叫声刚停，杜鹃凄切的叫声又响起。凄咽啼到春光无处可寻，苦恨芳菲百花都已枯萎。算来也难抵人间生死别离。王昭君马上琵琶奔荒野，更有阿娇退居长门别宫，辞别皇宫金阙愁苦心情，望着双双飞燕送走爱妾。将士身经百战身败名裂，送别苏武回头遥望故国，与故友永远诀别不见。荆轲冒着秋风易水寒冽，送别宾客素衣像片片白雪。悲歌未终又是何等激越。啼鸟若知人间悲恨痛切，料它不啼清泪而啼血。谁与我伏酒举杯赏明月。

念奴娇·书东流村壁①

野塘花落，又匆匆过了，清明时节。刬地东风欺客梦②，一枕云屏寒怯。曲岸持觞，垂杨系马，此地曾轻别。楼空人去，旧游飞燕能说③。　闻道绮陌东头④，行人曾见，帘底纤纤月⑤。旧恨春江流不尽，新恨云山千叠。料得明朝，尊前重见，镜里花难折。也应惊问，近来多少华发。

【注释】①东流：旧县名，故址在今安徽东至。②刬地：无端，平白无故。③楼空二句：苏轼《永遇乐》词："燕子楼空，佳人何在？空锁楼中燕。"此处化用其意。④绮陌：繁华的街道。宋人多用以指花街柳巷。⑤纤纤月：形容美人足纤细。刘过《沁园春》（咏美人足）："知何似，似一钩新月，浅碧笼云。"

【译文】野塘边的花儿纷纷飘落，匆匆又过了清明时节。东风无端地欺凌行客，竟把我的短梦惊觉。凉气侵

袭着孤枕云屏，我感到阵阵寒怯。在那弯曲的河岸边，我曾与佳人举杯同酌。垂柳下拴过我的马匹，却又就在此处轻易离别。如今人去楼空，萧条冷落。往日的燕子还栖息在这里，那时的欢乐，它都能够诉详细说。听说在繁华街道的东面，行人曾在帘下见过她的美足纤如弯月。旧的憾恨如东流的春江无穷无尽，新的遗憾又像云山般千重万叠。假如有那么一天，我们在酒宴上再相遇合，她将会像镜里的鲜花，令我无法再度采摘。她也会惊讶地问我：头发近来为什么白了这么多

汉宫春·立春

春已归来，看美人头上，袅袅春幡①。无端风雨，未肯收尽余寒。年时燕子，料今宵、梦到西园。浑未办、黄柑荐酒，更传青韭堆盘②。却笑东风从此，便薰梅染柳③，更没些闲。闲时又来镜里，转变朱颜。清愁不断，问何人、会解连环。生怕见、花开花落，朝来塞雁先还。

注释

①春幡：春旗。旧俗于立春日或挂春幡于树梢，或剪缯绢成小幡，连缀簪之于首，以示迎春之意。②黄柑荐酒、青韭堆盘：《遵生八笺》中说：『立春日作五辛盘，以黄柑酿酒，谓之「洞庭春色」。故苏诗云：「辛盘得青韭，腊酒是黄柑」。』③薰梅染柳：语出李贺《瑶华乐》，有『薰梅染柳将赠君』句。

译文

春天已经回来了，你看啊，在那美人头上，已经插起了袅袅晃动的春幡。可是无缘无故的风雨，却不肯把残余的寒冷全都收去。当年的燕子，想来今晚还会梦回西园吧。我还没能准备好黄柑酿的美酒，以及包含青韭等五辛的堆盘呢？只笑东风从此就要把梅花熏香，把柳叶染黄了，再也得不到一丝闲暇。一旦闲下来，它就要来到镜中，使人们的朱颜转变。内心的愁绪真是难以断绝啊，请问谁人能够解开这连环般的心结呢？最怕花开花落的景象，还有早晨起来，看到大雁先自北飞，回归塞外。

贺新郎·赋琵琶①

凤尾龙香拨②，自开元霓裳曲罢③，几番风月？最苦浔阳江头客，画舸亭亭待发④。记出塞、黄云堆雪。马上离愁三万里，望昭阳宫殿孤鸿没⑤。弦解语，恨难说。辽阳驿使音尘绝，琐窗寒、轻拢慢捻，泪珠盈睫⑥。推手含情还却手⑦，一抹梁州哀彻⑧。千古事、云飞烟灭。贺老定场无消息⑨，想沉香亭北繁华歇⑩。弹到此，为呜咽⑪。

注释

①这首词借咏琵琶，抒写北宋灭亡之痛，引古说今，兼寓千古繁华难久的感慨。用事虽多，不嫌堆砌。真气内充，流丽顿挫。②凤尾龙香拨：指唐杨贵妃弹的琵琶。据传，杨弹的琵琶用龙香柏做拨子，用逻逤檀做弦槽，上有双凤饰纹。③开元：唐玄宗年号（713—741）。霓裳：即《霓裳羽衣》，唐代宫廷舞曲，起于开元年间，为唐玄宗和杨贵妃所钟爱。④『最苦』二句：用白居易《琵琶行》所述事：『浔阳江头夜送客，

枫叶荻花秋瑟瑟。……忽闻水上琵琶声，主人忘归客不发。』浔阳：郡名，唐天宝元年（742）改江州置，后又改称江州，即今江西省九江市。江头：江边。画舸（gě）：有彩饰的船。亭亭：耸立不动的样子。⑤『记出塞』三句：用汉王昭君弹琵琶出塞和亲事，影射靖康之变，北宋君臣后妃被俘北去的惨剧。昭阳：汉宫殿名，暗指北宋汴京的皇宫。孤鸿：失群的孤雁。⑥『辽阳』三句：用唐李颀《古意》和沈佺期《独不见》诗意，暗指当时南宋对金作战的失利。《古意》云：『辽东少妇年十五，惯弹琵琶解歌舞。今为羌笛出塞声，使我三军泪如雨。』《独不见》云：『九月寒砧催木叶，十年征戍忆辽阳。白狼河北音书断，丹凤城南秋夜长。』辽阳：地名，在今辽宁省东部。驿使：古时传递公文的人。琐窗：窗棂呈连环形的窗子。拢、捻：弹琵琶的两种指法。拢是叩弦，捻是揉弦，用左手。⑦推手、却手：弹琵琶的两种指法。推是向前挑，却是向后抹，用右手。⑧抹：用手指轻按。这里是弹奏的意思。《梁州》：琵琶曲名。⑨贺老：指贺怀智，唐开元、天宝年间善弹琵琶的乐师。元稹《连昌宫词》：『夜半月高弦索鸣，贺老琵琶定场屋。』定场：即压场，演艺高超，能使场内安定，听众倾心。⑩沉香亭：在唐兴庆宫图龙池东面，用沉香木建造。唐玄宗和杨贵妃曾在这里听曲赏牡丹。⑪呜咽（yè）：低声抽泣。

译文

杨贵妃爱用龙香拨子弹奏有凤尾饰纹的琵琶，可是，自从开元年间她初进宫弹奏《霓裳羽衣曲》之

后，到『安史』乱起，国破人亡，只度过几番良辰美景？最伤心的是浔阳江边的游子，画船静静地停在水面上准备出发，却贪恋地听着沦落天涯的琵琶女弹奏着断肠的声音。记得当年昭君出塞和亲，一路上黄云漫天，大地白雪堆积。行程迢迢三万里，马上琵琶不断地倾诉离愁。回首眺望昭阳殿，唯见孤雁在天空渐渐消失。琵琶弦虽会诉说衷情，却怎么也说不尽这被迫辞国远嫁的怨恨。　东北边塞战事失利，久不见辽阳驿使送来将士们的音信。深闺花格窗下，思妇心中无限凄凉。她怀抱琵琶，轻轻叩弦，慢慢揉弦；泪水充满眼眶，连睫毛上也挂满了泪珠。她时而推手前挑，时而却手后抹，脉脉含情，弹一支《梁州》曲，痛彻了内心深处。唉，自古以来，多少盛衰兴亡、生离死别之事，都已经云飞烟灭了。那贺老先生的琵琶技艺，定场如神，可是已经久无消息；沉香亭北唐玄宗、杨贵妃赏花听曲的繁华盛事，也早已成为过去。弹琵琶弹到这里，我不禁为之低声抽泣。

摸鱼儿

淳熙己亥，自湖北漕移湖南，同官王正之置酒小山亭，为赋①。

更能消、几番风雨，匆匆春又归去。惜春长恨花开早，何况落红无数。春且住，见说道、天涯芳草迷归路。怨春不语。算只有殷勤，画檐珠网，尽日惹飞絮。　长门事，准拟佳期又误，蛾眉曾有

人妒。千金纵买相如赋，脉脉此情谁诉？君莫舞，君不见、玉环飞燕皆尘土②。闲愁最苦。休去倚危栏③，斜阳正在，烟柳断肠处。

注释 ①淳熙己亥：即宋孝宗淳熙六年（1179年），辛弃疾四十岁，由湖北转运副使调任湖南转运副使。漕即漕司，转运使的俗称。王正之即王正己（或谓名王特起，误），字正之，为辛弃疾的同僚（湖南转运判官）兼好友。小山亭是官署中的建筑。②玉环飞燕：即杨玉环和赵飞燕，都善舞。③危栏：别本作『危楼』。

译文 这春天还能经受得起几次风雨摧残呢？又匆匆地归去了。因为我怜惜春光，所以时常害怕花开太早，更何况如今已是落花无数了呢？春天啊，请你留步，听说芳草萋萋，已接天际，没有回去的道路了。可怨的是春天竟然不肯回答，看起来只有画檐下的蜘蛛网还整天忙着捕捉飞絮，想要留住春天的脚步。想起当年长门宫中之事，估计约会的好日期又再次错过了。曾经有人妒忌我的美貌，就算能够花费千金去购买司马相如的《长门赋》，此情脉脉，又能向谁去倾诉呢？请你不要再舞蹈了吧，难道你看不见，曾经善舞的杨玉环、赵飞燕已经全都化作了尘土。如此忧愁最感凄苦，不要去倚靠着高处的栏杆，看那斜阳正映照在烟蒙蒙的柳树上吧，这般情景真使人断肠啊。

永遇乐·京口北固亭怀古

千古江山，英雄无觅、孙仲谋处①。舞榭歌台，风流总被、雨打风吹去。斜阳草树，寻常巷陌，人道寄奴曾住②。想当年，金戈铁马，气吞万里如虎。元嘉草草，封狼居胥，赢得仓皇北顾。四十三年，望中犹记，烽火扬州路。可堪回首，佛狸祠下，一片神鸦社鼓。凭谁问，廉颇老矣，尚能饭否？

注释 ①孙仲谋：孙权字仲谋，三国时东吴国主。他曾在京口建立吴都，并打败来自北方的曹操军队。②寄奴：南朝宋武帝刘裕的小名。他的祖先由北方移居京口。刘裕在这里起事，最后建立政权。

译文 千古江山依然是存在人间，而像孙仲谋般豪杰却难求。昔日繁华耀眼的歌舞台榭，总被历史的风雨无情吹去。一抹斜阳映着丛密的草树，那个极为平常的街巷地方，人们说刘裕曾在这里居住。想当年他指挥着金戈铁骑，气吞万里山河如出山猛虎。元嘉年间刘义隆草草出兵，梦想在狼居胥山封坛祭天，却不料只落得败北乱逃窜。至今四十三年遥望还记得，扬州路上烽火杀敌的情景。真是不堪回首而佛狸祠下，如今是神鸦盘旋社鼓喧天。凭什么去问廉颇已经老了，饭量是否依然像以前一样？

木兰花慢·滁州送俤

老来情味减，对别酒，怯流年。况屈指中秋，十分好月，不照人圆。无情水，都不管，共西风、

只管送归船。秋晚莼鲈江上，夜深儿女灯前。征衫便好去朝天，玉殿正思贤。想夜半承明①，留教视草②，却遣筹边。长安故人问我：道愁肠，殢酒只依然③。目断秋霄落雁，醉来时响空弦。

注释 ①承明：汉代宫中有承明庐，用侍臣轮流值班时住宿的地方。②视草：为皇帝拟制诏书之稿。③殢（tì）酒：沉溺于酒。

译文 老来兴致趣味逐渐衰退消减，而对离别酒宴担心飞逝流年。何况屈指计算中秋佳节将至，一轮美好圆月偏不照人团圆。无情的流水全不顾离人眷恋，与西风一起只管将归舟送归。愿你在晚秋品尝莼菜鲈鱼脍，夜晚回家与儿女团聚在灯前。

趁征衫未换正好去朝见天子，而今朝廷正在积极思贤访贤。料想会把你留守在承明庐地，让你在深夜为皇帝草拟诏令，还会派遣你筹划边事到前线。京都的故友倘若向你问到我：就说我是愁肠满腹借酒浇愁。望断秋空那不断远去的落雁，醒来时常常会独自拉响空弦。

祝英台近①

宝钗分②，桃叶渡③，烟柳暗南浦。怕上层楼，十日九风雨。断肠片片飞红，都无人管，更谁劝啼莺声住？鬓边觑，应把花卜归期④，才簪又重数。罗帐灯昏，哽咽梦中语。是他春带愁来，春归何处？却不解带将愁去。

注释 ①祝英台近：词牌名。又名祝英台、英台近、宝钗分等。双调七十七字。②宝钗分：古代女子与情人分离时，常将首饰宝钗两股分开，各留一股以为纪念。③桃叶渡：在今江苏南京秦淮河与青溪合流处。晋王献之曾于此地送爱妾（名桃叶）渡江，因名桃叶渡。《隋书·五行志》：『陈时，江南盛歌王献之桃叶（妾名）之词曰：「桃叶复桃叶，渡江不用楫。但渡无所苦，我自迎接汝。」』此处泛指分别之地。④卜：占卜，古人常用花瓣来占卜。

译文 在桃叶渡口，我与他告别，宝钗也分成两股。河岸边杨柳树一片迷蒙，水面上朦朦胧胧是茫茫水雾。我真怕上高楼凭栏远眺，十天中有九天是凄风苦雨。一片片的飞红令我十分悲伤，却全然无人搭理。更没有人去劝一劝黄莺，让它止住悲啼，不要再一声声催促着春天早早归去。

斜眼对着金镜细看鬓边的花朵，细数花瓣占卜他的归期。刚刚插在头上，又摘下来重新再数再理。罗纹的帷帐中灯光昏暗模糊，我在梦境中自言自语：是春天把忧愁带来，可是春天却又归向哪里？春天啊，你为什么不懂得把忧愁也一起带回去？

青玉案·元夕

东风夜放花千树①，更吹落、星如雨②。宝马雕车香满路，凤箫声动，玉壶光转③，一夜鱼龙舞④。蛾儿雪柳黄金缕⑤，笑语盈盈暗香去。众里寻他千百度，蓦然回首，那人却在、灯火阑珊处。

注释　①花千树：指灯火繁盛，张鷟《朝野佥载》记：『睿宗先天二年正月十五、十六夜，于京师安福门外作灯轮，高二十丈，衣以锦绮，饰以金玉，燃五万盏灯，簇之如花树。』②星如雨：一说指灯光如星如雨，《梦梁录》载：『各以竹竿出灯球于半空，远睹若飞星。』一说指焰火满天。③玉壶：一说指灯，《武林旧事》载：『（元夕灯）福州所进，则纯用白玉，晃耀夺目，如清冰玉壶，爽彻心目。』一说指月。④鱼龙舞：指鱼状和龙状的彩灯。夏竦《奉和御制上元观灯》有『鱼龙漫衍六街呈，金锁通宵启玉京』句。⑤蛾儿雪柳：指妇人头上的装饰品，《武林旧事》载：『元夕节物，妇人皆戴珠翠、闹蛾、玉梅、雪柳、菩提叶、灯球、销金合、蝉貂袖、项帕，而衣多尚白，盖月下所宜也。』

译文　仿佛因为春风吹来，使得千树万树都绽放起银花，又仿佛是春风把星辰都如同落雨般吹来人间。到处都是骏马、华车，芬芳塞满了道路。箫声响起来了，玉壶灯转动着光亮，整整一夜，鱼灯、龙灯都在翩翩起舞。

姑娘们头戴蛾儿、雪柳等饰品，雪柳的柳条如同黄金丝缕一般，她们盈盈欢笑、私语，带着一缕暗香从我面前走过。我在人群中千百次地寻找她啊，突然间转过头来，原来她正站在那灯火阑珊之处。

鹧鸪天·鹅湖归病起作

枕簟溪堂冷欲秋①，断云依水晚来收。红莲相倚浑如醉，白鸟无言定自愁②。书咄咄③，且休休④，一丘一壑也风流⑤。不知筋力衰多少，但觉新来懒上楼。

注释　①簟：竹席。②白鸟：指鸥鹭一类白色水鸟。③书咄咄：《晋书·殷浩传》载，殷浩被贬官，口无怨言，表面上若无其事，『但终日书空，作「咄咄怪事」四字而已。』书空，用手指在空中写字。④且休休：用司空图事。《旧唐书·司空图传》载，司空图退休后，隐居中条山，筑『休休亭』，表示对仕途失望，甘心退隐。⑤一丘一壑：一条小山，一条山沟，代指居士所居之地。《世说新语·品藻》：『明帝问谢鲲「君自谓何如庾亮？」答曰：「端委庙堂，使百官准则，臣不如亮；一丘一壑，自谓过之。」』

译文　在水边的堂屋里，我躺卧在竹席上临时小憩，清凉的感觉如临清秋。飘浮在水面上的那些云气，傍晚时也渐渐敛收，水面一片僻静清幽。池塘里的红色荷花无精打采地相互依偎，简直就像喝醉了酒。岸边的那些白鸟默默无言，也一定是在默默发愁。

何必像殷浩那样心胸狭隘，整天向空中把『咄咄怪事』空书。姑且像司空图那样超旷潇洒，在中条山中隐居栖休。一丘一壑都显得美妙风流。我也不知病后身体衰弱多少，只是觉得近日来特别懒得上楼。

菩萨蛮·书江西造口壁①

郁孤台下清江水②，中间多少行人泪。西北望长安，可怜无数山。青山遮不住，毕竟江流去。

江晚正愁余，山深闻鹧鸪。

【注释】①造口在今天江西万安西南六十里，罗大经在《鹤林玉露》中说：『盖南渡之初，虏人追隆祐太后（宋哲宗废后孟氏）御舟至造口，不及而还。幼安自此起兴。』②郁孤台下清江水：郁孤台在今天江西省赣州市西南，赣江经此北流，赣江与袁江合流处名为清江。

【译文】郁孤台下的清江水啊，中间有多少逃亡之人的眼泪。西北方向就是旧都，可惜无数高山将其遮蔽。可是这江水是青山拦不住的啊，终究还会向东流去。江畔的傍晚，我正感愁烦，却又听到山之深处有鹧鸪在鸣叫。

石孝友

石孝友，生卒年不详，字次仲，南昌（今江西南昌）人，为宋孝宗乾道二年（1166）进士。『长调以端庄为主，小令以轻倩为工；而长调类多献谀之作，小令亦间近于俚俗』是《四库总目提要》对其词作的评价。著有《金谷遗音》一卷，已佚。

眼儿媚

愁云淡淡雨潇潇，暮暮复朝朝。别来应是，眉峰翠减，腕玉香销。小轩独坐相思处，情绪好无聊。一丛萱草①，几竿修竹，数叶芭蕉。

【注释】①萱草：又名『谖草』，古人以为此草可以使人忘忧。《诗》毛传：『谖草令人忘忧。』嵇康《养生论》亦云：『合欢蠲忿，萱草忘忧，愚智所共知也。』

【译文】愁云惨淡，雨一直下个不停。从早到晚，何时是个尽头！自从分离之后，想必你懒于梳妆，蛾眉的颜色已经变浅；香白的手腕已经十分消瘦。独坐小屋，满怀愁思，神情凄然。院子中有一丛繁茂的萱草，几竿修长的竹子，以及数叶芭蕉。

杨炎正

杨炎正（1145—？），杨万里的族弟，字济翁，庐陵（今江西吉安）人。宁宗庆元二年（1196）中进士，被任以宁远主簿之职。历任大理司直，知滕州、琼州。其早年曾跟随辛弃疾，二人结下了深厚的友谊，常有唱和之词，人品、气节、词风也与辛弃疾类似。著有《西樵语业》词集。

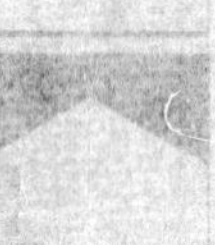

水调歌头

把酒对斜日，无语问西风。胭脂何事①，都做颜色染芙蓉。放眼暮江千顷，中有离愁万斛，无处落征鸿。天在阑干角，人倚醉醒中。千万里，江南北，浙西东。吾生如寄，尚想三径菊花丛。谁是中州豪杰，借我五湖舟楫②，去作钓鱼翁。故国且回首，此意莫匆匆。

注释 ①何事：为什么。②五湖舟楫：传说范蠡助越灭吴后，弃官归隐，泛舟于五湖之上。

译文 我手持酒杯面对欲坠的夕阳，在西风中沉默。问西风，为什么所有胭脂都做了颜料，将荷花染得红艳艳？放眼望去，江水在暮色中苍苍茫茫。离愁满江，已容不下远处飞来的大雁。栏杆的一角还可见一线天光；倚着栏杆，在半醉半醒间，我愁怀难遣。 平生走过千万里坎坷的道路，行尽了大江南北，踏遍了浙西浙东。人生如寄，我想像陶渊明那样归隐起来。请问谁是收复中原的豪杰？谁能借给我浪迹江湖的小舟，让我做个钓鱼隐士？还是回头看看中原故土吧，归隐的决定不要下得太匆忙。

刘过

刘过（1154—1206），字改之，号龙洲道人。吉州太和（今江西省泰和县）人。有政治抱负，力主抗金北伐。屡试不第。多次上书朝廷，提出恢复中原的方略，惜未见用。长期流落江湖，人称『天下奇男子』。与辛弃疾志同道合，交往密切，以词唱和。词多抒写报国壮志和胸中不平之气，风格俊逸豪放。有词集《龙洲词》。

唐多令①

安远楼小集②，侑觞歌板之姬黄其姓者③，乞词于龙洲道人，为赋此。同柳阜之、刘去非、石民瞻、周嘉仲、陈孟参、孟容，时八月五日也。

芦叶满汀洲④，寒沙带浅流。二十年重过南楼⑤。柳下系船犹未稳，能几日，又中秋。 黄鹤断矶头⑥，故人曾到否？旧江山浑是新愁⑦。欲买桂花同载酒，终不似，少年游。

注释 ①这首词或题作《重过武昌》，写词人二十年后重登武昌南楼的无限感慨。流光无情，漂泊不定，故人难见，故乡难归，江山依旧而国事日非，自身已老，无可奈何，纵欲行乐，不可得也。意境苍凉，文笔疏宕，语言简重，气度俊爽。②安远楼：即武昌南楼，在黄鹤山上。③侑（yòu）觞（shāng）：劝酒，陪酒。觞，古代盛酒器。歌板：执板唱歌。板，打拍子的工具。姬：美女，此指歌妓。黄其姓：即『其姓黄』。④芦：芦苇。汀（tīng）：水边平地。⑤过：访。南楼：即安远楼。⑥断矶：陡峭如斩截，因称『断矶』。矶，临水的山崖。⑦浑：全，满。

水调歌头

把酒对斜日，无语问西风。胭脂何事①，都做颜色染芙蓉。放眼暮江千顷，中有离愁万斛，无处落征鸿。天在阑干角，人倚醉醒中。　千万里，江南北，浙西东。吾生如寄，尚想三径菊花丛。谁是中州豪杰，借我五湖舟楫②，去作钓鱼翁。故国且回首，此意莫匆匆。

注释　①何事：为什么。②五湖舟楫：传说范蠡助越灭吴后，归隐，乘舟泛五湖之上。

译文　我手持酒杯面对欲坠的夕阳，在西风中沉默。向西风，为什么所有胭脂都做了颜料，将荷花染得红艳？放眼望去，江水在暮色中苍苍茫茫。离愁满江，已容不下远处飞来的大雁。栏杆的一角还可见一线天光；倚着栏杆，在半醉半醒间，我愁怀难遣。　平生走过千万里，走过了大江南北，踏遍了浙东浙西。人生如寄，我想像陶渊明那样归隐起来。请问谁是收复中原的豪杰？谁能借给我遨游江湖的小舟，让我做个钓鱼隐士？还是回头看看中原故土吧，归隐的决定不要下得太匆忙。

刘过

刘过（1154—1206），字改之，号龙洲道人，吉州太和（今江西省泰和县）人。有政治抱负，力主抗金北伐。

屡试不第。多次上书朝廷，提出恢复中原的方略，惜未被采用。不遇，流落江湖，人称「天下奇男子」。与辛弃疾志同道合，交往密切，以词唱和。词多抒写报国壮志和胸中不平之气，风格俊逸豪放。有《龙洲词》。

唐多令①

安远楼小集②，侑觞歌板之姬黄其姓者③，乞词于龙洲道人，为赋此。同柯山刘去非、石民瞻、周嘉仲、陈孟参、孟容。时八月五日也。

芦叶满汀洲④，寒沙带浅流。二十年重过南楼⑤。柳下系船犹未稳，能几日，又中秋。　黄鹤断矶头⑥，故人曾到否？旧江山浑是新愁⑦。欲买桂花同载酒，终不似，少年游。

注释　①这首词又题作《重过武昌》。写词人二十年后重登武昌南楼的无限感慨。流光无情，满酒不欢。故人难见，故乡难归，江山依旧而国事日非，自身已老，无可奈何，欲纵行乐，不可得也。意境苍凉，文气旷达。语言简明，含意深长。②安远楼：即武昌南楼，在黄鹤山上。③侑（yòu）觞（shāng）：劝酒。侑：劝。觞：古代盛酒器。歌板：拍板，唱歌时打拍子的工具。姬：美女，此指歌妓。黄其姓者：即「其姓黄」。④汀（tīng）洲：水边平地。⑤过：访。南楼：即安远楼。⑥断矶：即黄鹄矶，因称「断矶」。矶：临水的山崖。⑦浑：全，满。

译文　芦叶布满了河滩和小洲，岸边寒沙映带着浅浅的水流。二十年转眼过去了，如今我又重访南楼。柳下我的船尚未系稳，马上我还得四处奔走；能有几天就又是中秋佳节，那是全家团圆的时候。　在这黄鹤山立陡的山崖上头，老朋友们可曾到此重游？江山依旧，可我心里却装满新愁。国事日非，大厦将倾，何人拯救？打算买来桂花和美酒，同诸君江上泛舟，但总不像年轻时意气风发、豪迈风流。

姜夔

姜夔（约1155—约1221），字尧章，号白石道人，鄱阳（今江西波阳）人。少随父宦游汉阳，父死，流寓湘、鄂间。诗人萧德藻以兄女妻之，移居湖州，往来于苏、杭一带。与张镃、范成大交往甚密。终生不第，卒于杭州。工诗，尤以词称，精通音律，曾著《琴瑟考古图》。词集中多自度曲，并存有工尺旁谱十七首。有《白石道人诗集》《白石诗说》《白石道人歌曲》等。

点绛唇·丁未冬过吴松作

燕雁无心，太湖西畔随云去。数峰清苦，商略黄昏雨①。　第四桥边②，拟共天随住③。今何许？凭阑怀古，残柳参差舞。

注释　①商略：商量。②第四桥边：指唐诗人陆龟蒙隐居之处。③天随：陆龟蒙自号天随子。

译文　北来的大雁是那样从容悠闲，从太湖西畔伴随着浮云追逐。数座寂静的山峰啊凄清愁苦，仿佛在商量着黄昏是否落雨。　唐朝陆龟蒙隐居在甘泉桥边，我打算追随他亦住甘泉桥边，而今高人何在倚栏缅怀千古，只见参差的衰柳在风中飞舞。

鹧鸪天·元夕有所梦

肥水东流无尽期，当初不合种相思。梦中未比丹青见①，暗里忽惊山鸟啼。　春未绿，鬓先丝，人间别久不成悲。谁教岁岁红莲夜②，两处沉吟各自知。

注释　①丹青：指画像。②红莲：一种花灯，此为泛指。

译文　肥水滚滚东流永远没有终止，悔当初埋下相思情意扰众心。梦境见到的你虽不比画像真，暗地里一阵山鸟悲啼忽惊起。　早春草木未绿两鬓却添白丝，人间久别已麻木而不知伤悲。谁在元宵佳节红莲照亮黑夜，你我两地深深相思各自心知。

踏莎行①

自沔东来②，丁未元日至金陵③，江上感梦而作。

燕燕轻盈，莺莺娇软，分明又向华胥见④。夜长争得薄情知⑤，春初早被相思染。 别后书辞，别时针线，离魂暗逐郎行远⑥。淮南皓月冷千山⑦，冥冥归去无人管⑧。

注释

① 这首词写词人梦中与情人相会，想象情人对自己的牵挂，抒发了深挚的相思相怜之情。上片写梦境，从对方着笔；下片写醒后，从己方着笔。相辅相成，缠绵情深。② 沔（miǎn）：沔水，汉水的古称。③ 丁未：宋孝宗淳熙十四年（1187）。元日：阴历正月初一。金陵：今江苏省南京市。④ 华胥：指梦境。典出《列子·黄帝》：『黄帝昼寝而梦，游于华胥氏之国。』⑤ 争得：怎得。薄情：薄情郎。女子对情人的昵怨之称。⑥ 郎行：情郎身旁。⑦ 淮南：词人女友所在地，指今安徽省合肥。地处淮水之南，宋时属淮南路。⑧ 冥冥（míng míng）：昏暗状。这里指夜间。

译文

她的体态像燕子一样轻柔优美，她的话语像黄莺一样柔媚缠绵；我们分明又在梦中相见。她轻轻向我埋怨：薄情郎，你怎么能知我夜长难眠？春色初现，我早已被相思之情感染。 眼前是别后她寄给我的书信，身上是别时她为我缝制的衣衫；她的灵魂离开躯体，暗暗追逐着我，不辞遥远。淮南皓月洒下清辉无限，使千山万壑充满凄寒；黑夜里她独自归去，孤苦伶仃，无人照看。

庆宫春

绍熙辛亥除夕①，予别石湖归吴兴②，雪后夜过垂虹③，尝赋诗云：『笠泽茫茫雁影微，玉峰重叠护云衣。长桥寂寞春寒夜，只有诗人一舸归。』后五年冬④，复与俞商卿、张平甫、铦朴翁自封、禺同载诣梁溪⑤，道经吴松。山寒天迥，雪浪四合。中夕相呼，步垂虹，星斗下垂，错杂渔火，朔吹凛凛，卮酒不能支。朴翁以衾自缠，犹相与行吟，因赋此片，盖过旬涂稿乃定。朴翁咎予无益，然意所耽，不能自已也。平甫、商卿、朴翁皆工于诗，所出奇诡，予亦强追逐之。此行既归，各得五十余解。

双桨莼波，一蓑松雨，暮愁渐满空阔。呼我盟鸥⑥，翩翩欲下，背人还过木末。那回归去，荡云雪、孤舟夜发。伤心重见，依约眉山，黛痕低压。 采香径里春寒⑦，老子婆娑⑧，自歌谁答？垂虹西望，飘然引去，此兴平生难遏。酒醒波远，正凝想、明珰素袜⑨。如今安在，唯有阑干，伴人一霎。

注释

① 绍熙辛亥：指宋光宗绍熙二年（1191）。② 石湖：指范成大，号石湖居士。③ 垂虹：即吴江利往桥，因桥上有亭名『垂虹』，故别称垂虹桥。④ 后五年：指宋宁宗庆元二年（1196）。⑤ 俞商卿、张平甫、铦朴翁：指俞灏，字商卿；张鉴，字平甫；葛天民，字无怀，初为僧，名义铦，字朴翁。都是当时著名的诗人。封、禺：皆山名，在今浙江德清。梁溪：即今天的江苏无锡。⑥ 盟鸥：谓与鸥鸟订盟同住水乡，以喻退隐。陆游《雨

夜怀唐安》有『小阁帘栊频梦蝶，平湖烟水已盟鸥』句。⑦采香径：位于江苏张家港香山东南麓，清乾隆年间的《江阴县志》载：『由麓而上，曲蹬盘行，攀萝扪石，足底云生，相传吴王尝遣美人采香其上，曰采香径。』⑧婆娑：这里是指醉态蹒跚貌，范成大《庆充自黄山归》有『鸣驺如电马如雷，知是婆娑醉尉廻』句。⑨明珰：用珠玉串成的耳饰，曹植《洛神赋》有『无微情以效爱兮，献江南之明珰』句。这里是代指美人。

译文

两条船桨荡起漂浮着莼菜的水波，一件蓑衣抵挡住松树下的雨水，暮色和愁绪一起逐渐充满了空阔的水天之间。我呼唤着曾有旧盟的鸥鸟，它翩翩而来，欲待降落，却又背转身去飞过了树梢。还记得上一回返回吴兴，乘坐孤舟，连夜劈破浮云和积雪启程。如今重来，见到那隐隐约约的远山，如同女子垂下的黛眉一般，使人颇感伤心。采香径上春寒料峭，我带着酒意蹒跚而来，自歌自唱，又有谁来应和呢？从垂虹桥向西而望，然后飘然而去，这般游兴让我欲罢不能。酒醒以后，波声已经遥远，我正凝神思念着那戴着明珠、穿着素袜的佳人。佳人如今何在啊？只有栏杆还能暂时陪伴人们一段时间啊。

齐天乐①

丙辰岁与张功甫会饮张达可之堂②，闻屋壁间蟋蟀有声，功甫约余同赋，以授歌者。功甫先成，词甚美，余徘徊末利花间，仰见秋月，顿起幽思，寻亦得此。蟋蟀，中都呼为促织③，善斗，好事者或以三二十万钱致一枚，镂象齿为楼观以贮之④。

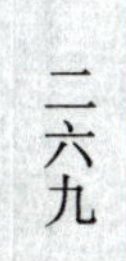

庾郎先自吟愁赋⑤，凄凄更闻私语。露湿铜铺⑥，苔侵石井，都是曾听伊处⑦。哀音似诉，正思妇无眠，起寻机杼⑧。曲曲屏山⑨，夜凉独自甚情绪？

西窗又吹暗雨，为谁频断续，相和砧杵⑩？候馆迎秋⑪，离宫吊月⑫，别有伤心无数。豳诗漫与⑬，笑篱落呼灯，世间儿女。写入琴丝⑭，一声声更苦。

注释

①齐天乐：词牌名。又名台城路、五福降中天等。双调一百零二字。②丙辰：指宁宗庆元二年。张功甫：名镃，字功甫，词人好友。宋初名将张俊之曾孙。宋末大词家张炎之先人。③中都：指北宋都城汴京。④象齿：象牙。⑤庾郎：指庾信，曾著《愁赋》以抒怀。⑥铜铺：铜制的铺首。旧时门上用以衔住门环之铜器，多为兽面之形，故称铺首。⑦伊：指蟋蟀。⑧杼：织布机之梭子。⑨屏山：绘有山水画之屏风。⑩砧杵：捣衣石和捶衣棒。⑪候馆：旅舍。⑫离宫：帝王在京师外之行宫。⑬豳诗：指《诗·豳风·七月》中写蟋蟀之句：『七月在野，八月在宇，九月在户，十月蟋蟀入我床下。』⑭琴丝：琴弦。此句谓将蟋蟀写成词曲供人演唱。

译文

张君先自吟成美妙的词章，像庾信的《愁赋》般哀惋凄凉。又听墙壁中窃窃私语，原来是蟋蟀在哀鸣吟唱。露水沾湿的铜铺首外，长满苔藓的石井台旁，都是蟋蟀鸣叫的地方。哀怨的声音如泣如诉，促使思

妇辗转彷徨，无法入睡就起来寻找机杼，借纺织来消磨这难熬的时光。曲折的屏风上山峦重叠，秋夜正凉，独自一人该是怎样的凄伤？　仿佛又有风吹夜雨敲打西窗。也不知蟋蟀为谁在鸣叫，断断续续地伴着捣衣的声响。旅馆里的蟋蟀悲吟暮秋，离宫中的蟋蟀哀吊暗淡的月亮，更增加人的无限感伤。《豳风·七月》中随便把蟋蟀写进诗章，世间的小孩们不知愁苦，相互招呼着，提着灯笼寻遍篱下院墙。有人把蟋蟀的吟声谱成琴曲，一声声弹奏出永久的忧伤。

琵琶仙①

《吴都赋》云："户藏烟浦，家具画船②。"唯吴兴为然③。春游之盛，西湖未能过也。己酉岁④，余与萧时父载酒南郭⑤，感遇成歌。

双桨来时，有人似、旧曲桃根桃叶⑥。歌扇轻约飞花，蛾眉正奇绝⑦。春渐远、汀洲自绿，更添了几声啼鴂⑧。十里扬州，三生杜牧⑨，前事休说。　又还是、宫烛分烟⑩，奈愁里、匆匆换时节。都把一襟芳思，与空阶榆荚⑪。千万缕、藏鸦细柳⑫，为玉尊⑬、起舞回雪⑭。想见西出阳关⑮，故人初别⑯。

注释

①这首词是感遇怀人之作。作者春游偶遇美女，勾起他对往日情人的思念，无限感慨，愁思满怀。化用数典，或隐或显；空灵蕴藉，浑成自然。②《吴都赋》：据前人考证，当作"《西都赋》"。"户藏"当作"户闭"，"家具"当作"家藏"，"画船"当作"画舟"。③吴兴：今浙江省湖州市。④己酉岁：宋孝宗淳熙十六年（1189）。⑤萧时父：南宋著名诗人萧德藻的侄子，作者妻子的兄弟辈。郭：外城。⑥曲：坊曲，歌妓所居之处。桃根桃叶：桃叶是东晋大书法家王献之的爱妾，桃根是桃叶的妹妹。宋词人爱用"桃叶桃根"称歌女姊妹。⑦蛾眉：妇女细长美丽的眉毛。这里借指女子的美貌。正：恰好，十分。⑧鴂（jué）：鹈（tí）鴂，即杜鹃鸟，又名子规，多在春天啼叫。⑨三生：佛家的说法，人有前生、今生、来生。又叫"三世"，即过去世、现在世、未来世。这里的"三生"犹"第三生"，指来生、未来世。杜牧：晚唐著名诗人。他有一首赠别所爱妓女的诗："娉娉袅袅十三余，豆蔻梢头二月初。春风十里扬州路，卷上珠帘总不如。"这里以"十里扬州"喻自己同昔日情人的交游，以"三生杜牧"自喻。⑩宫烛分烟：指寒食节、清明节之际。唐韩翃《寒食》诗："春城无处不飞花，寒食东风御柳斜。日暮汉宫传蜡烛，轻烟散入五侯家。"寒食节禁火，古时有寒食节晚上皇宫向近臣传烛赐火的习俗。⑪榆荚：俗称榆钱。韩愈《晚春》："杨花榆荚无才思，惟解漫天作雪飞。"⑫藏鸦细柳：暗喻情爱的见证者。乐府《杨叛儿》："暂出白门前，杨柳可藏乌。欢作沉水香，侬作博山炉。"⑬玉尊：酒杯的美称。⑭雪：喻柳絮。⑮西出阳关：喻因事与情人远别。王维《送元

二使安西》：『渭城朝雨浥轻尘，客舍青青柳色新。劝君更进一杯酒，西出阳关无故人。』⑯故人：旧友。这是指情人。

译文　一只小船荡着双桨驶来，上边有两位女子，很像从前我在坊曲结识的歌女姐妹。她用歌扇轻轻地拦接飞花，美丽的容貌十分出众。可是，春天已渐渐远去，汀洲上已自呈现一片绿色，又增添了杜鹃的几声哀鸣。我就像是杜牧之的后身，当时曾在繁华的十里扬州长街上，度过温馨美妙的时光。这些往事还是不说吧，说了会令人悲伤。

如今又是宫中传烛赐火的寒食、清明之际，怎奈在愁苦里，时节匆匆地改易。我只好把满怀的情思，交付给空阶上的榆钱，任其随风消逝。千万缕乌鸦藏身的细柳，是我们当初欢会的见证，如今为手持酒杯借酒浇愁的我，翩翩起舞，卷起阵阵絮。这使我想起了我和她初别的时候，销魂断肠，情思悠悠。

八归·湘中送胡德华

芳莲坠粉，疏桐吹绿，庭院暗雨乍歇。无端抱影销魂处①，还见篠墙萤暗②，藓阶蛩切③。送客重寻西去路，问水面、琵琶谁拨。最可惜、一片江山，总付与啼鴂。长恨相从未款④，而今何事，又对西风离别。渚寒烟淡，棹移人远，缥缈行舟如叶。想文君望久，倚竹愁生步罗袜。归来后、翠尊双饮，下了珠帘，玲珑闲看月⑤。

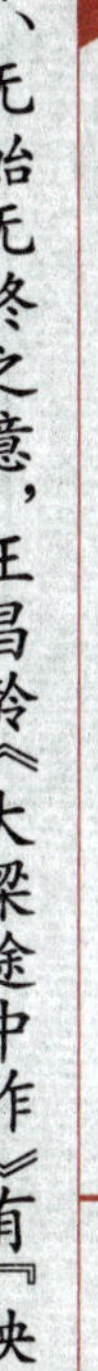

注释　①无端：这里是无穷无尽、无始无终之意，王昌龄《大梁途中作》有『怏怏步长道，客行渺无端』句。②篠墙：竹篱院墙，篠是细竹。③藓阶：别本作蓟阶。④相从：别本作『相逢』。款：宽，久。⑤下了珠帘，玲珑闲看月：语出李白《玉阶怨》：『玉阶生白露，夜久侵罗袜，却下水精帘，玲珑望秋月。』

译文　美丽的莲花开始凋残，稀疏的梧桐飘落绿叶，庭院中夜雨才刚停歇。在这无缘无故地陪伴着暗影，惆怅销魂之际，只见竹篱上飘动着萤火虫黯淡的萤光，又听苔藓密布的台阶上响起蟋蟀凄切的鸣叫声。为了送客，我再次寻找那西去之路，试问水面，归途中谁能为你弹响琵琶呢？最令人凄婉的是，这繁茂而葱绿的江山，全都在鹈鴂的鸣叫声中变得萧条了呀。

总恨与你相聚的时光太短暂了，如今又是为了什么事情，要在西风中分别呢？小洲寒冷，烟雾转淡，船桨摇动，行人渐远，缥缈中离去的小舟如同一片枯叶。想来你在家中的妻子，盼望你归去已经很久了吧，她脚步轻盈，倚靠着修竹，愁绪暗生。等你回家以后，你们就可以双双举起翠玉杯来饮酒吧，然后放下珍珠帘栊，悠闲地望着那玲珑的明月。

念奴娇

余客武陵①，湖北宪治在焉②；古城野水，乔木参天。余与二三友，日荡舟其间，薄荷花而饮③，意象幽闲，不类人境。秋水且涸，荷叶出地寻丈④，因列坐其下，上不见日，清风徐来，绿云自动；

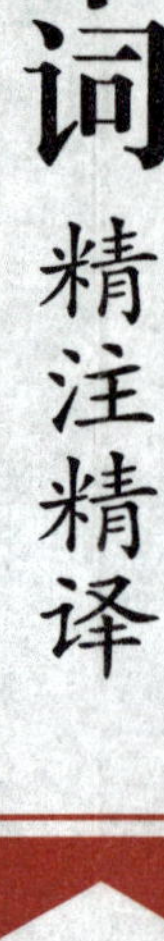

间于疏处，窥见游人画船，亦一乐也。揭来吴兴⑤，数得相羊荷花中⑥，又夜泛西湖，光景奇绝，故以此句写之。

闹红一舸⑦，记来时、尝与鸳鸯为侣。三十六陂人未到⑧，水佩风裳无数。翠叶吹凉，玉容消酒⑨，更洒菰蒲雨⑩。嫣然摇动，冷香飞上诗句。　日暮，青盖亭亭，情人不见，争忍凌波去⑪？只恐舞衣寒易落，愁入西风南浦。高柳垂阴，老鱼吹浪，留我花间住。田田多少⑫，几回沙际归路。

注释 ①武陵：今湖南省常德市。②宪治：宋代提点刑狱的官署。③薄：迫近。④寻丈：一丈左右。寻，八尺。⑤揭来：来到。⑥相羊：同「徜徉」。⑦舸：大船，也泛指船。⑧陂：池塘。⑨玉容：本指少女的容貌。此处指荷花。⑩菰蒲：两种水生植物。⑪凌波：形容女子步态轻盈。⑫田田：荷叶相连貌。古乐府《江南曲》：「江南可采莲，莲叶何田田！」

译文 在繁丽的荷花丛中荡着一条小船，一路上，一双双鸳鸯与我为伴。众多的水塘寂静无人，均被水佩风裳的荷花布满。翠叶中吹来阵阵凉风，荷花如醉酒般玉容消减。更兼菰蒲里又有细雨绵绵。嫣然一笑的荷花轻摇着美丽的身体，淡淡的香气飞入我的诗篇。　一个个荷叶宛如青色的伞盖，在暮色中亭亭玉立，仿佛一位位多情的美女，却没见到情人的形迹，所以不忍凌波而去。只恐怕天气一冷，容易脱落那翠色的舞衣，被秋风吹入到南浦里。高高的柳树垂下浓荫，老鱼吹起细细的涟漪，殷勤地挽留我停留在这里。我更是难以割舍那些茂盛的荷叶，多少次徘徊在沙边的归路而不忍离去。

扬州慢

淳熙丙申至日，余过维扬。夜雪初霁，荠麦弥望。入其城，则四顾萧条，寒水自碧，暮色渐起，戍角悲吟。余怀怆然，感慨今昔，因自度成曲。千岩老人以为有《黍离》之悲也。

淮左名都①，竹西佳处②，解鞍少驻初程。过春风十里，尽荠麦青青。自胡马窥江去后③，废池乔木，犹厌言兵。渐黄昏，清角吹寒，都在空城。　杜郎俊赏④，算而今、重到须惊。纵豆蔻词工⑤，青楼梦好⑥，难赋深情。二十四桥仍在⑦，波心荡，冷月无声。念桥边红药⑧，年年知为谁生？

注释 ①淮左：宋时淮水下游南岸置淮南东路，称淮左。②竹西：竹西亭，扬州名胜之一，在扬州北门外。③胡马窥江：高宗建炎三年（1129）及绍兴三十一年（1161），金兵两次南下，占领扬州等地。④杜郎：杜牧；俊赏：俊逸清赏。⑤豆蔻词工：杜牧游赏扬州时所作《赠别》：「娉娉袅袅十三余，豆蔻梢头二月初。」⑥青楼梦：杜牧《遣怀》：「十年一觉扬州梦，赢得青楼薄幸名。」青楼：妓院。⑦二十四桥：杜牧诗：「二十四桥明月夜，玉人何处教吹箫。」唐代扬州城内有二十四桥，至北宋时尚存七座。见沈括《梦溪笔谈·补笔谈》

卷三。⑧红药：芍药。

【译文】扬州自古是淮南东路的名城，这里有著名游览胜地竹西亭，初到扬州我解鞍下马作停留。当年那春风十里的繁华街道，如今却是荠麦青青孤单可怜。自从金兵侵犯长江流域以后，连荒废的池苑和古老的大树，都厌恶再提起那场可恶战争。临近黄昏凄清的号角已吹响，回荡在这座凄凉残破的空城。杜牧曾以优美诗句把你赞赏，今若重来定会为你残破而惊。纵使有豆蔻芳华的精工词采，纵有歌咏青楼一梦绝妙才能，也难抒写此刻深沉悲怆感情。二十四桥依然完好毫无损伤，桥下波心荡漾一弯冷月寂寞。想那桥边红芍年年花叶繁荣，不知年年有谁欣赏为谁而生？

长亭怨慢①

余颇喜自制曲。初率意为长短句，然后协以律，故前后阕多不同。桓大司马云②：『昔年种柳，依依汉南；今看摇落，凄怆江潭；树犹如此，人何以堪？』此语余深爱之。

渐吹尽，枝头香絮③，是处人家，绿深门户。远浦萦回④，暮帆零乱，向何许？阅人多矣，谁得似长亭树？树若有情时，不会得青青如此！日暮，望高城不见⑤，只见乱山无数。韦郎去也⑥，怎忘得玉环分付。第一是早早归来，怕红萼无人为主⑦。算空有并刀⑧，难剪离愁千缕。

【注释】①长亭怨慢：词牌名。姜夔自度曲，双调九十七字。②桓大司马：东晋大臣桓温，官至大司马。序中所曰六句出自庾信《枯树赋》，非桓温语。但桓温说过类似的话，庾信隐括而成。③香絮：指柳絮。④远浦：远处的水滨。⑤高城句：唐欧阳詹《赠太原妓》：『高城已不见，况复城中人。』此处化用其意。⑥韦郎：指唐诗人韦皋。据《云溪友议》载，韦皋与玉箫女相恋，分别时留玉指环，约定五至七年来聚，后八年未至，玉箫绝食而死。⑦红萼：红花，此处为女子自指。⑧并刀：并州（今山西太原）出产的剪刀，以锋利著称。

【译文】无情的春风渐渐吹尽枝头上的柳絮，家家户户的庭院，掩映在绿荫深处。远处的江岸迂回曲折，昏暮时，船帆零落，也不知都到哪里去？观看人们的离愁别恨，没有谁能比得上长亭边的柳树。柳树若是有情，它一定不会总是青青如此。天色渐渐昏暮，高高的城楼已隐约模糊，眼前只是纵横连绵的乱山无数。我像韦郎一样离你而去，但又怎能忘记，我把玉环留下送给你，你在分别时也一再吩咐。让我第一要早早归来，免得红花没人爱护做主。唉，即使有并州产的锋利的剪刀，也无法剪断我心头那千丝万缕的愁绪。

淡黄柳①

客居合肥南城赤阑桥之西②，巷陌凄凉，与江左异③，惟柳色夹道，依依可怜④。因度此曲，以

纾客怀⑤。

空城晓角⑥，吹入垂杨陌。马上单衣寒恻恻⑦。看尽鹅黄嫩绿⑧，都是江南旧相识。正岑寂⑨，明朝又寒食⑩。强携酒，小桥宅⑪，怕梨花落尽成秋色。燕燕飞来，问春何在？惟有池塘自碧。

注释 ①这首词写客居异乡的伤春之情，寄寓着对青春与爱情的珍惜。笔势疏宕，意境空灵。燕燕妙问，词玄意深。②合肥：即今安徽省合肥市。阑：同「栏」。③江左：指长江下游江南一带。④依依：轻柔的样子。怜：爱。⑤纾（shū）：宽舒。⑥晓角：军营清晨报晓的号角声。⑦恻恻：同「侧侧」，形容轻寒。⑧鹅黄：淡黄色。⑨岑（cén）寂：寂寞。⑩寒食：寒食节，在清明节前一天，是古人春游之日。⑪小桥：东汉末桥玄有二女，长曰大桥，次曰小桥，皆有美色。这里以「小桥」喻自己的情人。桥，后人省作「乔」。

译文 空荡荡的城中，清晨响起了号角声，传进了垂柳掩映的街道。我身着单衣骑马从街上走过，感到阵阵轻寒。我尽情欣赏这鹅黄嫩绿的柳色，这都是我在江南的老相识啊。 正当我感到寂寞的时候，次日又是一年一度的寒食节。我强打精神提着一壶酒，来到我心上人的家宅。真怕梨花落尽了，变成一片萧索的秋色。双燕飞回来了，呢喃不止，仿佛在问：春天在哪里？只有池塘自呈碧色，那么安闲。

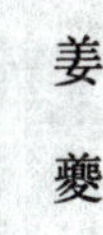

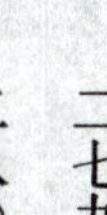

暗香

辛亥之冬，余载雪诣石湖。止既月，授简索句，且征新声，作此两曲，石湖把玩不已，使二妓隶习之，音节谐婉，乃名之曰：《暗香》《疏影》。

旧时月色，算几番照我，梅边吹笛？唤起玉人，不管清寒与攀摘。何逊而今渐老，都忘却、春风词笔。但怪得、竹外疏花，香冷入瑶席。 江国，正寂寂。叹寄与路遥，夜雪初积。翠尊易泣，红萼无言耿相忆。长记曾携手处，千树压、西湖寒碧。又片片吹尽也，几时见得？

译文 昔日皎洁月色几次映照着我，对着梅花吹得玉笛声韵谐和？悠扬笛声唤起了美丽的佳人，不顾清冷寒瑟跟我一道折梅。而今我像何逊已经渐渐衰老，往日绚丽的辞采文笔都忘记。但令我惊异竹林外稀疏梅花，竟将清冷幽香散入华丽宴席。江南水乡之处正是一片静寂。想折梅花寄相思叹路途遥遥，夜晚一场积雪又遮断了大地。手捧翠玉酒杯不禁洒下泪滴，面对红梅无语昔日美人犹记。总还记得曾经携手游赏之地，千株梅林压满了绽放的红梅、西湖水上泛着寒波一片澄碧。此刻梅花又被吹得凋落无余，何时才能够重见梅花的幽丽？

疏影

苔枝缀玉①，有翠禽小小②，枝上同宿③。客里相逢，篱角黄昏，无言自倚修竹。昭君不惯胡沙远，但暗忆、江南江北。想佩环、月夜归来④，化作此花幽独。

犹记深宫旧事，那人正睡里，飞近蛾绿。莫似春风，不管盈盈，早与安排金屋。还教一片随波去，又却怨、玉龙哀曲⑤。等恁时⑥、重觅幽香，已入小窗横幅。

注释

①苔枝缀玉：范成大《梅谱》说绍兴、吴兴一带的古梅『苔须垂于枝间，或长数寸，风至，绿丝飘飘可玩』。周密《乾淳起居注》说：『苔梅有二种，宜兴张公洞者，苔藓甚厚，花极香。一种出越土，苔如绿丝，长尺余。』②翠禽：这是用罗浮之梦典故。旧题柳宗元《龙城录》载，隋代赵师雄游罗浮山，夜梦与一素妆女子共饭，女子芳香袭人，又有一绿衣童子，笑歌欢舞。赵醒来，发现自己躺在一株大梅树下，树上有翠鸟欢鸣，见『月落参横，但惆怅而已』。殷尧藩《友人山中梅花》有『好风吹醒罗浮梦，莫听空林翠羽声』句。③枝上：别本作『枝头』。④想佩环、月夜归来：语出杜甫《咏怀古迹》，有『画图省识春风面，环佩空归月夜魂』句。⑤玉龙：指玉笛，马融《长笛赋》有『龙鸣水中不见己，截竹吹之声相似』句。⑥恁时：那时。

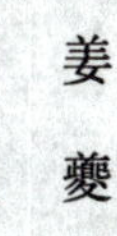

译文

结满苔藓的枝杈上点缀着美玉般的花朵，枝头有小小的翠绿色禽鸟，和我一同入眠。我在客居中与梅花相逢，在黄昏时分的竹篱角落，她静默无言地倚靠着修长的竹枝。王昭君不习惯远涉胡地沙漠，暗中思念着长江南北的中原地区，难道是她的芳魂于月夜归来，幻化成这树梅花，在此幽居独栖吗？还记得深宫中的往事，寿阳公主正在酣睡，梅花飞近了她的蛾眉。且不要像春风那样毫不顾惜这盈盈的花枝，还是早些安排金屋来收藏此娇艳吧。可惜那一片落花随水流去，倒埋怨是玉笛吹出哀伤的曲调所造成的。到那时候再想寻觅这幽香馥郁的花枝，她却早已进入小窗间的图画上去了。

翠楼吟①

淳熙丙午冬②，武昌安远楼成③，与刘去非诸友落之④，度曲见志。余去武昌十年，故人有泊舟鹦鹉洲者⑤，闻小姬歌此词，问之，颇能道其事；还吴，为余言之，兴怀昔游，且伤今之离索也。

月冷龙沙⑥，尘清虎落⑦，今年汉酺初赐⑧。新翻胡部曲⑨，听毡幕元戎歌吹⑩。层楼高峙，看槛曲萦红，檐牙飞翠。人姝丽，粉香吹下，夜寒风细。

此地宜有词仙，拥素云黄鹤，与君游戏。玉梯凝望久，但芳草萋萋千里⑪。天涯情味，仗酒祓清愁⑫，花消英气。西山外，晚来还卷，一帘秋霁。

注释

①翠楼吟：词牌名。姜夔自度曲。双调一百零一字。②淳熙丙午：宋孝宗淳熙十三年（1186）。③安远楼：在武昌西南黄鹤山顶。④刘去非：词人之友，与刘过有交往，生平事迹未详。⑤鹦鹉洲：在今湖

北汉阳西北长江中。汉末大文士祢衡为黄祖所杀，葬此。祢衡以《鹦鹉赋》最著名，故名。一说黄祖长子大宴宾客，有人献鹦鹉，祢衡作《白鹦鹉赋》，因而得名。⑥龙沙：泛指边塞之地。⑦虎落：遮护城堡或营寨的竹篱。⑧汉酺：汉律三人以上无故不得聚饮，违者罚金四两。朝廷有喜庆事，特许军民聚饮，称赐酺。⑨胡部曲：唐时西凉地少数民族的乐曲。⑩元戎：主将，军事长官。⑪萋萋：草盛貌。崔颢《黄鹤楼》诗：『晴川历历汉阳树，芳草萋萋鹦鹉洲。』⑫祓：原指古时为除灾去邪而举行仪式的习俗。此处指消除。

译文 空旷寂寞的边塞月光冷清，护城的竹篱静静立在那里，没有一点儿战尘。朝廷今年正逢喜庆，军民受到赏赐可以集体宴饮的隆恩。大堂中演奏着新改编的胡曲，军营中到处可以听到喧闹欢腾的歌吹之声。安远楼高高耸立，红的绿的栏杆曲折回萦，斜飞的角檐刺向天空。清夜里吹着细细寒风，舞筵歌席上脂粉的香气暖暖融融，美人个个都是沉鱼落雁之容。这样的名胜之地，应该有擅长词章的仙人。骑着黄鹤乘着白云，来此地与大家共同享乐宴饮。我登上玉石的阶梯久久凝望，萋萋的青草一望无垠。客居天涯边塞寂寞无聊的况味，不断地袭击着我的心。全仗着醇酒来消解愁苦，依靠赏花来消减一点英气豪情。到了傍晚时分，高高卷起珠帘，看一看秋日里清爽的新晴。

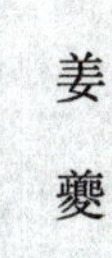

杏花天①

丙午之冬②，发沔口③。丁未正月二日④，道金陵，北望淮、楚，风日清淑，小舟挂席，容与波上⑤。

绿丝低拂鸳鸯浦，想桃叶⑥，当时唤渡。又将愁眼与春风，待去，倚兰桡更少驻。 金陵路，莺吟燕舞。算潮水知人最苦。满汀芳草不成归，日暮，更移舟向甚处？

注释 ①杏花天：词牌名。又名杏花风，此首亦名杏花天影。《词谱》（卷十）载有双调五十四、五十五、五十六字三体。本词双调五十八字，应视为变体。②丙午：宋孝宗淳熙十三年（1186）。③沔口：沔水为汉水上游，汉水入江处也称沔口，即今湖北之汉口。④丁未：宋孝宗淳熙十四年（1187）。⑤容与：迟缓不前貌。此处指缓行。⑥桃叶：晋王献之爱妾名。王献之曾在秦淮河送之渡江，并作诗。后世称此渡口为桃叶渡。

译文 鸳鸯鸟双宿的河边，绿色的柳丝轻轻地飘拂。想当年美丽多情的桃叶，当时曾在这里呼船摆渡。我只能用脉脉含愁的双眼，迷惘地注视着美丽的春光风物。行舟渐渐离去，我独倚双桨再三地踌躇眷顾。这金陵自古就是繁华的大都，到处都是莺歌燕舞。看起来只有这滔滔江水，最能理解我的愁苦。整个汀洲都是翠绿的芳草，我却不能返回她的住处。如今已经是黄昏日暮，要行船到哪里去？

一萼红①

丙午人日②，余客长沙别驾之观政堂③。堂下曲沼，沼西负古垣④，有卢橘幽篁⑤，一径深曲。穿径而南，官梅数十株，如椒如菽⑥，或红破白露，枝影扶疏⑦。著屐苍苔细石间⑧，野兴横生，亟命驾登定王台⑨，乱湘流⑩，入麓山⑪。湘云低昂，湘波容与⑫，兴尽悲来，醉吟成调。

古城阴，有官梅几许，红萼未宜簪⑬。池面冰胶⑭，墙阴雪老⑮，云意还又沉沉。翠藤共、闲穿径竹，渐笑语、惊起卧沙禽。野老林泉⑯，故王台榭⑰，呼唤登临。　南去北来何事，荡湘云楚水，目极伤心。朱户粘鸡⑱，金盘簇燕⑲，空叹时序侵寻⑳。记曾共、西楼雅集，想垂柳、还袅万丝金㉑。待得归鞍到时，只怕春深㉒。

注释　①这首词写登临游览、兴尽悲来之感。羁旅漂泊，时序变迁，令词人伤心、慨叹，勾起他对昔日情人的深情怀念。笔势顿挫，愈转愈深。首尾呼应，余味不尽。②丙午：淳熙十三年（1186）。人日：阴历正月初七日。③长沙别驾：指当时潭州通判萧德藻，南宋著名诗人。别驾，即别驾从事史，汉置官名，为刺史的佐使。宋于诸州置通判，职务相近，因称通判为别驾。④负：靠。垣（yuán）：墙。这里指城墙。⑤卢橘：指枇杷。幽篁：浓密的竹林。⑥椒（jiāo）：指花椒的果实。菽（shū）：豆。⑦扶疏：舞动的样子。⑧屐（jī）：木底有齿的鞋子。⑨亟（jí）：急切。命驾：本谓命人驾车出行，此即动身前往的意思。定王台：汉长沙定王刘发筑的台子，在旧长沙县东。⑩乱：横渡。⑪麓山：即岳麓山，在长沙西南。⑫容与：缓缓流动的样子。⑬簪：往头上插戴。⑭胶：凝结。⑮老：长久未化之意。⑯野老：隐居不仕的老人。⑰故王：指长沙定王刘发。榭（xiè）：建在高台上的宽敞屋宇。⑱朱户粘鸡：古时迷信习俗，每年人日，在门上贴鸡画，并悬苇插符，以防百鬼。⑲金盘：指春盘。古代习俗，于立春日用生菜、果品、糕饼等装盘，自食并馈送亲友，以示迎春，叫春盘。簇燕：指春盘中堆叠的制成燕形的食品。⑳时序：季节的次序。侵寻：渐进，逐渐变迁。㉑袅（niǎo）：摇曳，摆动。㉒春深：春将尽。暗喻梅花已落，梅子已生，对方已嫁。杜牧《怅诗》：『自是寻春去校迟，不须惆怅怨芳时。狂风落尽深红色，绿叶成荫子满枝。』此化用其意。

译文　在古城墙的背阴处，有许多官府种的梅花，含苞待放，尚不宜插戴鬓发。池面已凝结成冰，墙阴的积雪久久未化，那云的神色又变得阴沉起来。我们数人悠闲地走过青藤架下，又穿行在竹林小路上，不知不觉响起了欢声笑语，惊起了卧在沙岸上的水鸟。一时间游兴来了，仿佛觉着隐士们栖息的林泉，前王筑就的台榭，都在呼唤我们去登临游览。

这些年我不断南来北去，究竟是为了什么呢？如今游荡在楚湘云水之间，极目远望，不觉黯然神伤。今年人日又到了，又赶上立春来临，大户人家朱漆大门上已贴起鸡画，用华贵的

盘子制作春盘，上面堆叠起精制的燕形食品。我空自叹息那季节的暗自变迁。还记得当年，我和心上人在西楼上的美好聚会；那楼边的垂柳，如今想必还是摇曳着千万缕金黄色的柳丝。等我将来骑马归去时，只怕春色将尽。

霓裳中序第一 ①

丙午岁，留长沙，登祝融②，因得其祠神之曲曰《黄帝盐》③、《苏合香》。又于乐工故书中得商调《霓裳曲》十八阕，皆虚谱无辞。按沈氏乐律《霓裳》道调，此乃商调。乐天诗云『散序六阕④』，此特两阕，未知孰是？然音节闲雅，不类今曲。余不暇尽作，作《中序》一阕传于世。余方羁游，感此古音，不自知其辞之怨抑也。

亭皋正望极⑤，乱落江莲归未得。多病却无气力，况纨扇渐疏⑥，罗衣初索⑦。流光过隙，叹杏梁、双燕如客。人何在？一帘淡月。仿佛照颜色⑧。幽寂，乱蛩吟壁，动庾信⑨、清愁似织。沉思年少浪迹，笛里关山，柳下坊陌。坠红无信息，漫暗水、涓涓溜碧。飘零久，而今何意，醉卧酒垆侧⑩。

注释 ①霓裳中序第一：词牌名。始见于姜夔词，注有工尺旁谱。双调一百零一字。②祝融：祝融峰。衡山最高峰。③《黄帝盐》：洪迈《容斋续笔》七云：『今南岳献神乐曲有黄帝盐，而俗传为黄帝炎。』④

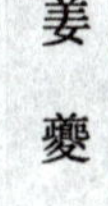

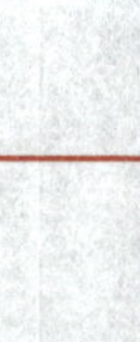

散序六阕：《霓裳》曲分三大段：一、散序，六遍；二、中序，遍数不详；三、破，十二遍。白居易《和元微之霓裳羽衣歌》诗：『散序六奏来动表，阳台宿云慵不飞。』⑤亭皋：指水边平地。⑥纨扇：细绢制的团扇。⑦罗衣：薄绢缝制的夏季单衣。初索：开始闲置。⑧人何在三句：化用杜甫《梦李白》诗意：『落月满屋梁，犹疑照颜色。』⑨庾信：南北朝后期著名文士，梁时出使西魏，被留。诗文多思故园之哀怨。⑩醉卧酒垆：刘义庆《世说新语·任诞》：『阮公（籍）邻家妇有美色，当垆沽酒。阮……常从妇饮酒，阮醉，便卧眠其妇侧。夫始殊疑之，伺察，终无他意。』酒垆，安置酒瓮的土台子。

译文 我在岸边的亭台上极目远眺，久久伫立，只见红莲飘零，我却回归无计。多愁多病，只觉得全身疲乏无力。何况夏天即将过去，白绢的团扇将要抛弃，又要抛掉单薄的夏衣。时光匆匆如白驹过隙，可叹文杏梁上的双燕，也像我一样在这里客居。可我的恋人又在哪里？满屋都是淡淡的月光，我仿佛在梦境里见到她的容颜，但却是那样的恍惚迷离。

我好可怜，是多么幽独孤寂，壁间蟋蟀的哀鸣断断续续。引动我像当年的庾信一样，心中的无限愁绪如编如织。沉思少年时就到处漂泊羁旅。在《关山月》的笛声中踏遍关山，在垂柳下的坊曲中与她相遇。而今莲花纷纷坠落却没有她的消息，只见那河水空流，碧波荡漾缓缓流去，而今我长年漂泊无依，再也没有当年的那种心绪，像阮籍那样在酒垆旁醉倒斜倚。

章良能

章良能（？—1214），字达之，丽水（今属浙江）人。淳熙五年（1178）进士。累官至同知枢密院事、参知政事。有《嘉林集》百卷。今不传。

小重山

柳暗花明春事深①。小阑红芍药，已抽簪。雨余风软碎鸣禽②。迟迟日，犹带一分阴。

往事莫沉吟，身闲时序好，且登临。旧游无处不堪寻，无寻处，唯有少年心。

注释 ①柳暗花明：语出王维《早朝》，有『柳暗百花明，春深五凤城』句。②碎鸣禽：语出杜荀鹤《春宫怨》，有『风暖鸟声碎，日高花影重』句。

译文 杨柳浓暗，繁花明媚，春色已经深了，小栏杆旁的红芍药也已抽出玉簪般的嫩芽来了。雨将停息，和风轻软，鸟儿的啼鸣如此细碎。春日迟迟，还带着一分阴霾。

过往之事还是不要再去深思吧，趁着人有闲暇，季节正好，不妨登临游览。旧日游玩之处，没有一处不值得再去寻找的，然而找不到的，却只有少年心绪。

严仁

严仁，字次山，号樵溪，约宋宁宗庆元末前后在世。他好古博雅，与同族严羽、严参齐名，人称『三严』。杨慎《词品》称其作词『长于庆寿、赠行，洒然脱俗』。

木兰花

春风只在园西畔，荠菜花繁蝴蝶乱。冰池晴绿照还空，香径落红吹已断。

意长翻恨游丝短，尽日相思罗带缓①。宝奁如月不欺人，明日归来君试看。

注释 ①罗带缓：因体瘦而衣带松。

译文 春光只在庭园的西畔，荠菜花开得正繁，蝴蝶也飞舞忙乱。晴日照着池塘，碧绿澄鲜。香径上的花儿已经落尽，就连落在小路上的花瓣也被风吹得老远。

我的相思太深太长，反而恨那些游丝太短。整天里害着相思病，衣带渐渐松缓。梳妆匣里的明镜不会骗人，等明日归来，你再试着亲自看一看我憔悴的容颜。

俞国宝

俞国宝（生卒年不详），今江西抚州人。淳熙太学生。著有《醒庵遗珠集》，早已散失。

章良能

章良能（？—1214），字达之，丽水（今属浙江）人。淳熙五年（1178）进士。累官至同知枢密院事、参知政事。有《嘉林集》百卷，今不传。

小重山

柳暗花明春事深①。小阑红芍药，已抽簪。雨余风软碎鸣禽②。迟迟日，犹带一分阴。　往事莫沉吟。身闲时序好，且登临。旧游无处不堪寻。无寻处，惟有少年心。

【注释】① 柳暗花明：语出王维《早朝》，有「柳暗百花明，春深五凤城」句。② 碎鸣禽：语出杜荀鹤《春宫怨》，有「风暖鸟声碎，日高花影重」句。

【评析】柳暗花明，繁花似锦，春色已经深了。小栏杆旁的红芍药已抽出了花苞来了。雨后初晴，和风吹拂，鸟儿的鸣叫声也更加清脆了。春日迟迟，还带着一分阴凉。　过去的事不要再去沉吟了，趁着人有闲暇，季节正好，不妨登临游玩。旧日游玩之处，没有一处不值得再去寻找的，然而找不到的，却只有少年心境。

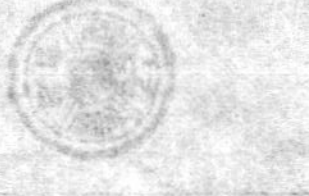

严仁

严仁，字次山，号樵溪。生卒年不详。宋宁宗庆元前后在世。与同族严羽、严参齐名，人称「三严」。

杨慎《词品》称其词「[illegible]」。

木兰花

春风只在园西畔，荠菜花繁蝴蝶乱。冰池晴绿照还空，香径落红吹已断。　意长翻恨游丝短，尽日相思罗带缓①。宝奁如月不欺人，明日归来君试看。

【注释】① 罗带缓：因身瘦而衣带松。

【评析】[illegible]

俞国宝

俞国宝（生卒年不详），今江西临川人。淳熙太学生。著有《醒庵遗珠集》，早已散失。

风入松①

一春长费买花钱②，日日醉湖边。玉骢惯识西湖路③，骄嘶过、沽酒楼前④。红杏香中箫鼓，绿杨影里秋千。

暖风十里丽人天⑤，花压鬓云偏。画船载取春归去⑥，余情付、湖水湖烟⑦。明日重扶残醉⑧，来寻陌上花钿⑨。

注释

①南宋朝廷自隆兴元年(1163)北伐失利，次年与金签订屈辱的隆兴和议之后，即苟且偷安，不思进取，上流社会腐败堕落，过着花天酒地、醉生梦死的生活。这首词描写上流社会西湖春游的奢侈淫乐情景，深寓讽喻之意。绮丽香艳，兴象宛然。缜密流美，结穴味远。一篇绝妙的『公子丽人行』也。②买花钱：指赏赐酒楼歌女的钱。宋时酒楼常有歌女侑酒。③玉骢(cōng)：装饰华贵的马。骢，本指菊花青马，这里泛指马。④沽：卖。⑤丽人：打扮得花枝招展的贵妇人。⑥画船：雕饰华丽的游船。春：指游春的欢乐。⑦馀情：游兴未尽的留恋之情。⑧扶：支撑。残醉：残留的酒醉情态。⑨陌：田间小路，南北叫阡，东西叫陌。这里泛指路。钿(diàn)：用金银珠玉等制成的花朵形妇女首饰。

译文

一春中常常花费买花的钱，天天都陶醉在西湖的湖边。白马也熟识了逛西湖的路径，嘶鸣着走过酒楼之前。在红杏花的芳香中，箫鼓歌吹声音喧阗。绿杨飘拂的树影里，有正在荡着的秋千。十里长堤上春风扑面，这里是美男倩女游冶的福地洞天。五光十色的花朵，把游女的鬓发压偏。暮色中小船载着春光归去，未尽的情致都留给湖面上的雾气岚烟。明天我还要带着残存的醉意，到湖滨堤上来寻找遗落的花钿。

张镃

张镃(1153—1221？)，字功甫，一字时可，号约斋，先世成纪(今甘肃天水)人，徙居临安(今浙江杭州)。宋将张俊之曾孙。官至司农少卿，嘉定四年(1211)坐罪除名，象州编管，卒。曾卜筑南湖，有园林之胜。与姜夔有交往。有《南湖集》《南湖诗余》。

满庭芳·促织儿

月洗高梧，露溥幽草①，宝钗楼外秋深②。土花沿翠③，萤火坠墙阴。静听寒声断续，微韵转、凄咽悲沉。争求侣，殷勤劝织，促破晓机心。

儿时，曾记得，呼灯灌穴，敛步随音。任满身花影，犹自追寻。携向花堂戏斗，亭台小、笼巧妆金。今休说，从渠床下，凉夜伴孤吟。

注释

①溥：形容露水多。《诗·郑风·野有蔓草》有『野有蔓草，零露溥兮』句。②宝钗楼：唐宋时咸阳酒楼名。邵博《闻见后录》载：『予尝秋日饯客咸阳宝钗楼上，汉诸陵在晚照中，有歌此词(指李白《忆

秦娥》）者，一坐悽然而罢。』这里代指张达可家中楼台。③土花：苔藓。

译文 月光洗涤着高高的梧桐树，露水滋润着幽静的野草，宝钗楼外秋色已深。苔藓铺开绿意，萤火虫坠落墙角。我静静地倾听着那清寒而断续的声音，微弱的音调转换，逐渐凄婉悲哀，如同深深的哽咽。蟋蟀因竞相追求伴侣而鸣，似乎在殷勤地劝人纺织，催促得从夜到晓不停劳作的织女心情抑郁。还记得我们小的时候，呼唤伙伴提灯来照，用水灌浇地穴，蹑手蹑脚地随着鸣叫声而走动。就算满身都披了月下花影，依旧独自追寻着蟋蟀。逮住以后，就带着它们到花堂中去掐斗，那时盛蟋蟀的装饰着金银的笼子是如此小巧。如今再不要提这些往事了，还是由得它们在床下鸣叫，在凄寒的夜晚陪伴我独自吟咏吧。

宴山亭

幽梦初回，重阴未开，晓色催成疏雨①。竹槛气寒，蕙畹声摇②，新绿暗通南浦。未有人行，才半启、回廊朱户。无绪，空望极霓旌③，锦书难据。苔径追忆曾游，念谁伴、秋千采绳芳柱。犀奁黛卷，凤枕云孤，应也几番凝伫。怎得伊来，花雾绕、小堂深处。留住，直到老、不教归去。

注释 ①催成：别本作『吹成』。②畹：古代地积单位，或以三十亩为一畹，或以三十步为一畹，或以十二亩为一畹。屈原《离骚》有『余既滋兰之九畹兮，又树蕙之百亩』句。③霓旌：云霞如旌旗，语出宋玉《高唐赋》，有『霓为旌，翠为盖』句。

译文 我刚从幽渺迷蒙的梦境中醒来，只见层层的阴云并未散开，拂晓的天气变成细雨涟涟。竹栏中气温微寒，兰花香草在轻风中摇动抖颤，新涨起的绿色池水暗通南面的河畔。院子里还没有人走动，曲折回廊处的红色角门刚刚打开半边。我的心情纷乱焦烦，徒自望断长空远方的云彩，却不见有鸿雁的踪影来把锦书递传。

我在长满苔痕的小径上徘徊流连，追忆着往昔与情人同游时的温馨缠绵。如今有谁陪伴你去荡秋千，在芳柱彩绳旁欣赏你的倩影翩翩。如今的你肯定默默地待在屋里，放下那镶嵌犀角的青色珠帘，斜倚着凤凰枕而凄苦孤单。一定也多少次来到高楼独自凭栏，凝神眺望而把我企盼。你在想怎样才能让我回到你的身边，到那时，氤氲的香气如花似雾一般，把这小屋充满，如同温暖明媚的春天。如果这样，你便坚决要把我留在家里，决不能让我再离开一天，直到迟暮的老年，直到永远永远。

戴复古

戴复古（1167—约1246），字式之，自号石屏，祖籍天台黄岩（今属浙江）。布衣终身，早年飘零在外，晚年回到家乡隐居。戴复古诗词俱佳，以风格高雅、文笔隽永著称，近代词人况周颐曾评价其词曰：『往往

作豪放语，锦丽是其本色。』著有《石屏诗集》《石屏词》。

洞仙歌

卖花担上，菊蕊金初破。说着重阳怎虚过。看画城，簇簇酒肆歌楼，奈没个、巧处安排着我。

家乡煞远哩，抵死思量，枉把眉头万千锁。一笑且开怀，小阁团栾，旋簇着、几般蔬果。把三杯两盏记时光，问有甚曲儿，好唱一个？

译文 在卖花郎的担子上，有刚刚开放的金黄色的菊花。卖花人边走边说：『重阳节无菊花怎么度过？』在这繁华的城中，处处都有画阁雕阑，处处都是轻歌曼舞，可是我却找不到一个安身之所。 家乡那么遥远，即使思念欲死，也不过是紧锁眉头千万次。还是痛饮一番，以笑消愁吧。在小阁楼里喝酒，有几个小菜、几碟水果。先饮两三杯酒，纪念这身在异乡的重阳节。我询问店家有些什么好曲子，唱几个为我祝酒兴？

满江红·赤壁怀古

赤壁矶头，一番过、一番怀古。想当时，周郎年少，气吞区宇。万骑临江貔虎噪①，千艘列炬鱼龙怒②。卷长波、一鼓困曹瞒，今如许？

江上渡，江边路。形胜地，兴亡处。览遗踪，胜读史书言语。几度东风吹世换，千年往事随潮去。问道傍、杨柳为谁春，摇金缕。

注释 ①貔虎：原意是凶猛的野兽，这里喻指军队。②鱼龙：一种水族动物，生活在江中。杜甫有诗：『鱼龙寂寞秋江冷』（语出《秋兴》）。

译文 每经过一次赤壁矶就引发一次怀古心绪。想当年，周瑜意气风发，一心吞并环宇。万骑临江，鼓声震天；在千艘列炬的拼搏中，那些潜居江中的鱼龙因为受到战火的影响都变得怒不可遏。水面上卷起了长长的火龙，在鼓角声中，孙刘联军围困住了曹操。现在又怎样呢？ 江上渡口，江边小路，全是地形险要的战略要地，是当年众雄生死争斗的地方。今天我在此凭吊古迹，自己得到的深切感受，胜过读历史书籍。东风吹，光景移，已经改朝换代无数次了，历史的往事随江湖而逝。问道旁的杨柳年年为谁而春，为谁摇动金黄的枝条。

史达祖

史达祖（约1163—约1220），字邦卿，号梅溪，祖籍汴京（今河南开封）。曾效忠韩胄，韩胄败后，被处以黥刑。其词刻画细腻逼真，形神兼备，多为咏物词，也有感怀时事的作品。著有《梅溪词》。

绮罗香·咏春雨

做冷欺花，将烟困柳，千里偷催春暮。尽日冥迷①，愁里欲飞还住。惊粉重、蝶宿西园，喜泥润、燕归南浦。最妨它、佳约风流，钿车不到杜陵路②。

沉沉江上望极，还被春潮晚急，难寻官渡③。隐约遥峰，和泪谢娘眉妩④。临断岸、新绿生时，是落红、带愁流处。记当日、门掩梨花，剪灯深夜语。

注释

①冥迷：指迷蒙。②杜陵：西汉宣帝刘询的陵墓名，在长安东南方乐游原上，后转义为地名。③官渡：官府设置的渡船。④谢娘眉妩：谢娘为唐代歌伎名，后泛指歌伎，眉妩即妩媚的眉妆。

译文

春雨带来寒气，欺凌着花朵，又生成雾霭，包围了杨柳，它暗中催促着千里的春光日渐迟暮。使得我眼前一整天都迷蒙昏沉，仿佛愁绪一般想要飘飞，却又止步。蝴蝶吃惊于翅膀上的粉变得沉重，只好暂且在西园落脚，燕子却欢喜筑巢的泥土得到滋润，于是归来飞过南浦。最受妨碍的是青年男女的风流约会，罗钿香车再也到了不杜陵之路。

江上远望，雾霭沉沉，再加上春潮晚来更急，使人难寻官渡。远峰只隐约可见，仿佛流泪女子那妩媚的蛾眉一般。在青草才滋生时登临断崖，正是落花飘零，带着愁绪随水流去的地方。还记得当日雨打梨花，因此掩上房门，我们曾在屋中剪灯夜话。

双双燕·咏燕

过春社了，度帘幕中间①，去年尘冷。差池欲住，试入旧巢相并。还相雕梁藻井②，又软语商量不定。飘然快拂花梢，翠尾分开红影。

芳径，芹泥雨润。爱贴地争飞，竞夸轻俊。红楼归晚，看足柳昏花暝。应自栖香正稳，便忘了天涯芳信。愁损翠黛双蛾，日日画阑独凭。

注释

①春社：社有春秋之别，春社在春分前后。②相（xiàng）：察看。井：即承尘，用木架成井形，俗称天花板。藻井：彩绘或画饰的天花板。

译文

春社已过燕子穿度重重帘幕，去年筑巢之地变得冷冷清清。双燕拍打着的双翅欲飞又止，试着飞进旧巢并颈双宿双栖。它们又再三细看雕梁的藻井，像似软语呢喃却又商量不定。随后它们又轻快地飞掠花梢，翠尾拨开红花纷披的枝影丛。

芳香的小径春雨打湿了芹泥。燕儿喜爱贴着地面争逐飞纵，仿佛竞相夸耀着轻俊的身形。傍晚时燕儿双双飞回了红楼，看够了绿柳昏暗花色的迷蒙。燕儿该是自顾在巢栖息正稳，便忘了捎回天涯游子的芳信。只愁得闺中瘦损了翠黛双眉，一天天独倚着画楼栏杆期盼。

东风第一枝·春雪①

巧沁兰心，偷粘草甲②，东风欲障新暖。漫疑碧瓦难留，信知暮寒犹浅③。行天入镜④，做弄出、

轻松纤软。料故园、不卷重帘，误了乍来双燕。 青未了、柳回白眼，红欲断、杏开素面。旧游忆著山阴⑤，后盟遂妨上苑⑥。熏炉重熨，便放漫春衫针线。怕凤靴挑菜归来⑦，万一灞桥相见⑧。

注释 ①东风第一枝：词牌名。双调一百字。②草甲：草的外皮。③信知：确知。④行天入镜：韩愈《春雪》诗："入镜鸾窥沼，行天马渡桥。"此处化用其意。谓春雪后池水清澈明净，池面如镜子一般。马行桥上，如行走在白云之上。状春雪洁白轻软。⑤旧游句：晋王子猷雪夜乘兴访戴安道，至门不见而返。见《世说新语·任诞》。⑥后盟句：用司马相如雪天赴梁王兔苑之宴迟到之事。⑦挑菜：唐宋风俗以二月二日为挑菜节。⑧灞桥相见：用郑綮事。孙光宪《北梦琐言》七载，丞相郑綮善诗，有人问他近日是否有新作，他回答说："诗思在灞桥风雪中驴背上，此处何以得之？"此处活用此典，隐指灞桥风雪。

译文 你巧妙地向兰花的花心里钻，悄悄地往春草的草芽上粘。仿佛挡住了春风的来临，妨碍了春日回归的温暖。我疑心碧瓦上难以把你留停，知道昏暮时的寒冷还很轻浅。地面上轻雪绵软，如同白云浮天。湖面澄净如明镜一般，你把万物打扮得轻柔细软。遥思故国家园很远很远，那里的层层帘幕四垂未卷，耽误了刚刚飞来的双燕。杨柳刚刚染上青色，初生的柳叶都变成千万只白眼，初放的杏花也由红脸变成粉妆素面。当年的王徽之雪夜间去访旧友，到门口却又不见而返，因他根本不在乎见与不见。雪路难行，司马相如迟赴兔园的高宴。深闺中又把熏炉点燃，赶制春衫的针线也开始放慢。只怕那穿凤纹绣鞋的佳人挑菜归来时，在灞上再与你相见。

喜迁莺

月波疑滴，望玉壶天近，了无尘隔。翠眼圈花①，冰丝织练，黄道宝光相直②。自怜诗酒瘦，难应接、许多春色。最无赖，是随香趁烛，曾伴狂客。 踪迹，漫记忆。老了杜郎③，忍听东风笛。柳院灯疏，梅厅雪在，谁与细倾春碧④？旧情拘未定，犹自学、当年游历。怕万一，误玉人、夜寒帘隙。

注释 ①翠眼圈花：指各种花灯。②黄道：古人在天球上假设的一个大圆圈，即地球运行一年的轨道在天球上的投影，这里是指皇帝宸游之路。相直：相对。③杜郎：指杜牧。④春碧：春醪碧酒。

译文 月光洒下，如同水滴，远望玉壶般的明月，只觉得与天如此接近，毫无尘俗相隔。到处都是花灯装饰，还有洁白如冰的丝绢结扎，御道两旁灿烂的光芒相对。我总是自怜因吟诗和饮酒而瘦损，难以应接这许许多多的春色。最无聊的，还是我也曾经与那些狂客们一起点烛焚香而游历过啊。 这些旧日踪迹，不必要再去回忆了吧，我如同杜牧一般老去，再难以忍受听取东风中的笛声。杨柳院落中灯光稀疏，梅花厅堂下残雪犹在，谁来为我细细地倾倒美酒呢？旧日情感管束不住，却仍然仿效当年的冶游，我只是怕万一耽误了

佳人，让她在寒夜中透过帘栊的缝隙将我盼望啊。

三姝媚①

烟光摇缥瓦②，望晴檐多风，柳花如洒。锦瑟横床，想泪痕尘影，凤弦常下③。倦出犀帷，频梦见、王孙骄马。讳道相思，偷理绡裙，自惊腰衩。惆怅南楼遥夜，记翠箔张灯，枕肩歌罢。又入铜驼④，遍旧家门巷，首询声价。可惜东风，将恨与闲花俱谢。记取崔徽模样⑤，归来暗写。

注释 ①三姝媚：词牌名。双调九十九字。②缥瓦：琉璃瓦。③凤弦：即琴弦。④铜驼：洛阳街道名，这里代指临安。⑤崔徽：唐代的一位歌伎。元稹《崔徽歌并序》载，崔徽与裴敬中相恋。即别，徽请画家丘夏画自像寄裴敬中，不久相思抱病而死。

译文 精美的琉璃瓦上笼罩着雾色烟光，房檐历历在目，天气晴朗。柳絮满天飘飞，拂拂扬扬。我急急来到她的闺房，不料人去楼空，只有锦瑟横放在琴床。我不禁黯然神伤，料想她在我离去后的苦况。一定是日日伤心流泪，常常抚琴弹瑟以寄托九曲愁肠。终日懒得迈出闺门，只能在梦境中见到我的模样。遇人又不敢公开说是害了相思，当偷偷整理丝裙时，才惊讶自己渐渐瘦削身长。我更加惆怅，清楚地记得当日在南楼时欢爱的幸福时光，在翡翠的珠帘里，彩灯非常明亮。她亲昵地依偎在我的肩头，温柔深情地把情歌哼唱。

如今我又到旧日街巷，遍访旧日邻居询问她的情况。可惜那无情的春风，吹落了鲜花，吹走了芬芳，并带着无限的感伤。我悲痛欲绝，她也没有给我留下画像。我还清楚地记得她的容貌，回来后仔细描画那深情娇羞的模样。

秋霁

江水苍苍，望倦柳愁荷，共感秋色。废阁先凉，古帘空暮，雁程最嫌风力。故园信息，爱渠入眼南山碧。念上国，谁是、脍鲈江汉未归客。还又岁晚，瘦骨临风，夜闻秋声，吹动岑寂。露蛩悲、青灯冷屋，翻书愁上鬓毛白。年少俊游浑断得，但可怜处，无奈苒苒魂惊，采香南浦，剪梅烟驿。

译文 远望去江水流长苍茫无际，看败柳曳着倦意枯荷含愁，一同感受这秋色凄凄之景。残破的楼阁透出寒秋凉意，古旧帘幕自垂加深了暮色，远征鸿雁最嫌那强劲风力。贬逐人最期盼故园的消息，最喜爱南山绰约多姿黛碧。我又十分眷念遥远的京城，怀恋家乡美味却不得归去。

到年底撑着瘦骨迎风而立，听着夜晚萧瑟孤寂的秋风，吹动起我心中的孤独冷寂。夜露中蟋蟀叫得幽怨悲戚，一盏青灯照着萧瑟的冷屋，翻着书愁绪上涌头发斑白。年少时的游伴已断了消息，但最使我可怜难堪的地方，使我痛楚无奈神魂惊悸的，是在南浦采撷香草送别处，是在烟迷的驿馆剪梅赠寄。

夜合花①

柳锁莺魂，花翻蝶梦②，自知愁染潘郎③。轻衫未揽④，犹将泪点偷藏。念前事，怯流光，早春窥、酥雨池塘⑤。向销凝里⑥，梅开半面，情满徐妆⑦。　风丝一寸柔肠⑧，曾在歌边惹恨，烛底萦香⑨。芳机瑞锦⑩，如何未织鸳鸯⑪？人扶醉⑫，月依墙，是当初、谁敢疏狂！把闲言语，花房夜久⑬，各自思量。

注释

①这首词写对昔日情人的痛苦思念。对方因恋情误会而离开了自己，这使词人非常悲伤，他尽心解劝，希望重归于好。妙用比兴，笔触空灵；造语工巧，一片神行。②蝶梦：梦中化蝶。《庄子·齐物论》中说：有一次庄周梦见自己化为蝴蝶，醒来发现自己还是原来的庄周，即疑惑不解，不知道究竟是庄周在梦中化为蝴蝶呢，还是蝴蝶在梦中化为庄周。③潘郎：指西晋著名文学家潘岳。他在《秋兴赋》中说，自己三十二岁即因愁而两鬓斑白。④揽：持取披身。⑤酥（sū）雨：如酥的雨，指春雨。韩愈《早春呈水部张十八员外》诗：『天街小雨润如酥。』酥，酥油，牛羊等乳精制成的食品。⑥消凝：销魂凝目，即因伤感而出神凝视。⑦徐妆：指徐妃半面妆，喻半开的梅花。南朝梁元帝妃徐昭佩，因元帝一目失明，帝每来，必为半面妆相迎。⑧风丝：风中游丝，形容极轻柔。⑨萦（yíng）：盘绕，缭绕。香：指女子温馨的情意。⑩芳机：织机的艳称。机，织机。瑞锦：锦的美称。锦，有彩色花纹的精美丝织品。⑪鸳鸯：喻夫妻。⑫人：指情人。扶醉：带醉。⑬花房：指女子的卧室。

译文

我的魂灵，似柳烟困住的黄莺；我进入梦境，化为蝴蝶在花间翻飞，寻觅不停。我自知离愁深重，染得满头黑发如潘郎的斑鬓再生。清晨单衫未披，就赶紧像往常一样把泪滴暗暗收起。回忆她离我而去的往事，我真怕光阴无情流逝；早春已经到来，正在四处窥视；小雨润物如酥，池塘涨满新绿。朝着我那伤感出神的眼里，梅朵半启，好像徐妃的半面妆，情意凄迷。　你的一段温柔情肠，就像风中游丝一样；它曾在歌宴上惹起我以怨慕，在烛光下绕我以缕缕馨香。你我感情的织机已备，锦线已张，为什么却没有织出鸳鸯，成对成双？当时，你正带着醉意，月亮斜照高墙，试想那时，谁敢肆意放荡？人言可畏啊，当你深夜独卧闺房，你我都要把那些闲言碎语，一一仔细思量。

玉蝴蝶

晚雨未摧宫树①，可怜闲叶，犹抱凉蝉②。短景归秋③，吟思又接愁边。漏初长、梦魂难禁，人渐老、风月俱寒。想幽欢土花庭甃④，虫网阑干。　无端啼蛄搅夜，恨随团扇⑤，苦近秋莲。一笛当楼，谢娘悬泪立风前。故园晚、强留诗酒，新雁远、不致寒暄。隔苍烟、楚香罗袖，谁伴婵娟⑥。

注释

①宫树：本指宫廷之树，此处泛指环绕屋宇之树。宫，广义为屋室。②可怜二句：王安石《题葛溪驿》：『鸣蝉更乱行人耳，犹抱疏桐叶半黄。』③短景：景指日光。秋日渐短，故云。④土花：苔藓。甃：井壁。⑤恨随团扇：相传汉班婕妤失宠，求供养太后于长信宫，作《团扇歌》以自伤。⑥婵娟：形容仪态美好，此处借指美人。

译文

晚来的风雨并未把宫树折断，可怜那未落的枯叶上，蜷缩着小小的寒蝉。白昼渐渐缩短，又一度来到秋天。我的诗情连接着无限的愁怨。夜晚越来越长，我总是恍恍惚惚魂牵梦萦。人已日益衰老，秋风明月更感到非常清寒。料想从前幽会欢爱的地方，青苔会长满井台庭院，虫网罩着曲折的栏杆。无故也无端，蟋蛄偏偏鸣叫起来，忧得她终夜不安，恨自己像团扇一样被疏远，心中凄苦如同被冷落的秋莲。高楼之上听着笛曲中的幽怨，她流着清泪伫立在风前。故园岁晚，我勉强在诗酒中流连，新雁已经飞远，无法捎书带去我的寒暄。我们之间隔着茫茫苍烟，有谁能够把美人陪伴，安慰她的寂寞孤单？

八归①

秋江带雨，寒沙萦水②，人瞰画阁愁独③。烟蓑散响惊诗思④，还被乱鸥飞去，秀句难续。冷眼尽归图画上⑤，认隔岸，微茫云屋。想半属，渔市樵村，欲暮竟燃竹⑥。须信风流未老⑦，凭持尊酒，慰此凄凉心目。一鞭南陌⑧，几篙官渡⑨，赖有歌眉舒绿⑩。只匆匆残照，早觉闲愁挂乔木⑪。应难奈，故人天际⑫，望彻淮山⑬，相思无雁足⑭。

注释

①这首词是词人流放江汉时的『愁独』之作。他登高远望，虽江山如画，却满目凄凉，因为敌人远在天涯，他是多么想念他们啊。清逸奇秀，空灵疏宕。婉转低回，富有韵味。②萦（yíng）：回绕。③人：词人自指。瞰（kàn）：俯视。④蓑（suō）：蓑衣，用草或棕毛编织的雨披。这里指披蓑衣的打鱼人。⑤图画：指如画的景物。⑥燃竹：指烧枯竹做饭。柳宗元《渔翁》诗：『渔翁夜傍西岩宿，晓汲清湘燃楚竹。』⑦须：自，本。⑧南陌（mò）：泛指道路。⑨篙：撑船用的长竿。官渡：官设渡口。这里泛指水路和渡口。⑩歌：指歌女。绿：指画眉的翠黛色。⑪闲愁：个人私愁。这里指思念友人之愁。⑫应：是。表示肯定语气。⑬淮山：指故人所在之处。韦应物《淮上喜会梁州故人》诗：『何因不归去，淮上有秋山。』⑭雁足：古代有雁足传书之说，始自《汉书·苏武传》。

译文

秋天的江上，飘洒着雨丝；凄清的沙洲，环绕着流水。我站在高高的画阁上俯瞰大地，心中涌起孤独的愁绪。烟雨中捕鱼人的摇橹声，打断了我的诗思；又因为鸥鸟纷纷飞去，使我再难想出佳句。我那悲凉的目光，全都投向图画般的景物；在微茫的云烟中，我辨认出江对岸座座房屋。猜想那大半是渔樵村市，傍

晚做饭处处燃起枯竹，升起炊烟缕缕。我自信自己才情意气尚未衰尽，凭着杯酒宽慰这凄凉的目光心神。有时单人独骑驰骋道路，历尽辛苦；有时乘船在江河漂渡，风险无数；幸亏驿亭候馆有歌女为我舒眉歌舞。只是这残阳匆匆难留，我的满腹闲愁早随它挂上大树梢头。真是令人难耐啊，老朋友远在天边，我望穿淮上秋山，苦苦相思，却没有传书的鸿雁。

高观国

高观国（生卒年不详），字宾王，号竹屋，祖籍山阴（今浙江绍兴）。与史达祖并称，二人交情颇深，常吟诗唱和。善写情词，也有抒怀的闲时之作。其词风婉丽雅致，词言隽永含蓄。著有《竹屋痴语》。

金人捧露盘·水仙花

梦湘云，吟湘月，吊湘灵①。有谁见、罗袜尘生。凌波步弱，背人羞整六铢轻②。娉娉袅袅，晕娇黄、玉色轻明。

香心静，波心冷，琴心怨，客心惊。怕佩解、却返瑶京③。杯擎清露，醉春兰友与梅兄。苍烟万顿，断肠是、雪冷江清。

注释　①湘灵：指湘水女神，相传舜的两个妃子娥皇、女英死后都化为湘水女神。②六铢：即佛经中所说的六铢衣，极薄。③瑶京：神仙居住的地方。

译文　梦见湘水女神，吟诵着湘月，凭吊湘水之灵。女神罗袜无尘，在水波上凌空行走，步履轻盈，娇羞地背过人，轻整薄纱罗衣。水仙花如美人般亭亭玉立，姿态优美，花瓣色泽如晕染般娇黄，如玉色般轻明。

水仙花香而静，所居之水清冷。琴弦声怨，让羁旅之人心惊。怕女神解下佩玉，返回仙宫。高高擎起的酒杯中盛满了醇酒般的清露，使好友春兰和梅兄也为之酣醉。湘水上苍烟浩渺，江水冷，雪花冷，水仙花心伤肠欲断。

少年游·草

春风吹碧，春云映绿，晓梦入芳裀。软衬飞花，远随流水，一望隔香尘①。萋萋多少江南恨，翻忆翠罗裙。冷落闲门，凄迷古道，烟雨正愁人。

注释　①香尘：带花香的尘土，此指女子芳踪。

译文　春风吹绿了芳草，在白云的映衬下芳草显得葱绿可爱，是在晓梦中梦见了这如茵的芳草。花瓣轻轻地洒落在软草上，蒙茸的草地随着流水伸向天际。一眼望去，伊人的芳踪已被无边的芳草阻隔，春恨别情无限。萋萋的芳草，遮盖了伊人的足迹，给人留下了多少相思别离之恨，使人追忆起像绿草地一样的翠罗裙。

冷落的庭院，凄迷的古道，都笼罩在茫茫烟雨之中，这景象勾起了人的满怀愁绪。

黄 机

黄机，字几仲，一说字几叔，祖籍浙江东阳。其词学辛弃疾，慷慨激烈，虽仍能看出模仿的痕迹，倒也清雅风致，别具一格。著有《竹斋诗余》一卷。

霜天晓角・仪真江上夜泊

寒江夜宿，长啸江之曲。水底鱼龙惊动，风卷地，浪翻屋。　诗情吟未足，酒兴断还续。草草兴亡休问，功名泪，欲盈掬。

译文　夜泊长江，江景凄寒，不禁仰天长啸。狂风卷地，浪涛翻滚，水底的鱼龙都被惊动了。　诗吟了，但并不过瘾，酒喝了一阵，再断断续续地自斟自饮。不要问中原如何轻易沦丧，我报国无门，功名未成，不禁热泪盈掬。

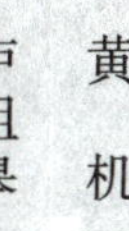

卢祖皋

卢祖皋（生卒年不详），字申之，又字次夔，号蒲江。温州永嘉县（在今浙江省）人。宁宗庆元五年（1199）进士。历任著作郎、权直学士院等职。工于诗词，尤长于小令。有词集《蒲江词》。

江城子①

画楼帘幕卷新晴②，掩银屏③，晓寒轻。坠粉飘香④，日日唤愁生。暗数十年湖上路，能几度，著娉婷⑤？　年华空自感飘零，拥春酲⑥，对谁醒？天阔云闲，无处觅箫声⑦。载酒买花少年事，浑不似、旧心情⑧。

注释　①这首词抒写伤往怀旧、空虚落寞的愁苦心情。年轻时，载酒买花，畅游湖上，伴美人，品箫声，何其风流！如今，年华飘零，伊人已逝，自己也没有寻欢作乐的心情了。声情激越，语言明快，笔致灵动，无限感慨。②画楼：雕饰华美的楼阁。③银屏：银饰的屏风。④坠粉：落花。⑤著（zhuó）：“着”的本字。接触，伴随。娉婷（pīng tíng）：美女，指恋人。⑥酲（chéng）：病酒，酒醉。这里指酒。⑦觅（mì）：寻找。箫声：指当年恋人吹箫的声音。⑧浑：全。旧心情：指年轻时谈情说爱的心情。

译文　我把画楼的帘幕卷起，见天色开始转晴，迎门屏风遮掩，清晨寒意轻轻。落花飘散芳香，天天呼唤

自感慨心惊；让我抱着春酒醉去吧，我还对谁保持清醒？蓝天空阔，白云悠悠，无处寻找她那动人的箫声。载酒买花是年轻时的乐事，如今我已经完全失去了往日的心情。

忧愁从心底产生。我暗自盘算，十年来的湖边路上，能有几次与心上人携手同行？年岁不断流逝，我空

宴清都①

春讯飞琼管②，风日薄，度墙啼鸟声乱。江城次第，笙歌翠合，绮罗香暖。溶溶涧渌冰泮③，醉梦里、年华暗换。料黛眉④、重锁隋堤，芳心还动梁苑⑤。

新来雁阔云音，鸾分鉴影⑥，无计重见。春啼细雨，笼愁淡月，恁时庭院。离肠未语先断，算犹有、凭高望眼。更那堪、衰草连天，飞梅弄晚。

注释

①宴清都：词牌名，双调一百零二字。②琼管：律管。古代以葭莩灰实律管，节候至则灰飞管通。葭即芦。③泮：溶解，分离。④黛眉：此处比喻初生的柳叶。⑤梁苑：汴京的园圃名。此处为泛指。⑥鸾分鉴影：范泰《鸾鸟诗序》载，从前罽宾王获一鸾鸟，非常喜欢，想听其鸣叫，但鸾鸟不鸣。饰金喂珍馐，更悲哀而不鸣，三年也未鸣一声。夫人说，听说鸟见其类而鸣，于是用镜子来照。鸾见镜子里自己的形体而悲鸣，哀响凄厉，一奋而死。后便以此比喻爱人分离或失去伴侣。

译文

春天的信息来自装有芦灰的玉管，春风徐吹，日益和缓，墙外的鸟声婉转零乱。江城的节令日日都在改变，笙歌在绿树丛中飘转，穿着绮罗的美人香气融融而温暖。山涧里的层冰渐渐融化，新涨的渌冰充满河床直到岸畔。就在我醉生梦死迷迷糊糊当中，年华已暗暗转换。料想柳堤上的杨柳，黛眉式的柳叶尚未舒展，园林里的鲜花，已偷偷要把芳心显现。

新近来看不到云中的鸿雁，自然无法把音信传递。我就像照镜的孤鸾，只能伶俜独立顾影自怜，我们却没有任何办法能够再见。想起当时，那寂寞空虚的庭院，春雨潇潇仿佛天在轻泣，终日里都丝丝绵绵，淡淡的月光朦朦胧胧，清愁无限。我还不曾开口说要远离，塞满离恨的柔肠先自裂断。如今就算还有一双登高远眺的双眼，又怎能忍受眼前的景观：无边无垠的衰草连着远天，在黄昏中飘坠的梅花一片接着一片。

刘克庄

刘克庄（1187—1269），字潜夫，号后村居士，莆田（今属福建）人。以荫入仕，淳祐六年（1246）赐进士出身。官至工部尚书兼侍读。诗词多感慨时事之作，是南宋江湖诗人和辛派词人的重要作家。词风粗豪肆放，慷慨激越。著有《后村先生大全集》《后村别调》。

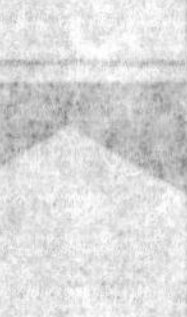

生查子·元夕戏陈敬叟①

繁灯夺霁华②，戏鼓侵明发③。物色旧时同，情味中年别。　浅画镜中眉④，深拜楼中月。人散市声收，渐入愁时节。

注释

①生查子：唐教坊曲名，后用作词牌。双调四十字。陈敬叟：作者友人，字以庄，号月溪。②霁华：指晴日的月光。③明发：天刚发亮。《诗·小雅·宛》：「明发不寐，有怀二人。」④浅画句：用张敞画眉事，表现夫妻恩爱。《汉书·张敞传》：「又为妇画眉，长安中传张京兆眉怃。」

译文

繁多明亮的灯光，遮蔽了暗淡的月光，笙箫戏鼓直到拂晓还在喧响。节物风情与旧时没什么两样，只是人到中年，情味有些凄凉。　像汉朝的张敞，对着明镜为佳人描画新的眉样，共同在楼心深情地礼拜月亮。祈祷爱深情长。欢乐的人们渐渐散去，市街上恢复寂静一如往常，我的心情却渐渐感到有些忧伤凄凉。

贺新郎

深院榴花吐。画帘开、练衣纨扇①，午风清暑。儿女纷纷夸结束②，新样钗符艾虎③。早已有、游人观渡④。老大逢场慵作戏，任陌头、年少争旗鼓。溪雨急，浪花舞。　灵均标致高如许⑤，忆生平、既纫兰佩⑥，更怀椒糈⑦。谁信骚魂千载后，波底垂涎角黍⑧。又说是、蛟馋龙怒。把似而今醒到了⑨，料当年、醉死差无苦。聊一笑，吊千古。

注释

①练衣：白色丝衣。别本作「綀衣」，即平民穿着的葛衣，似更确。②结束：穿着打扮。杜甫《陪王使君晦日泛江就黄家亭子》有「结束多红粉，欢娱恨白头」句。③钗符艾虎：端午民俗。《抱朴子》载：「五月五日剪采作小符，缀髻鬓为钗头符。」《荆门记》载：「午节人皆采艾为虎为人，挂于门以辟邪气。」④观渡：即观看赛龙舟。《荆楚岁时记》载：「五月五日竞渡，俗为屈原投汨罗日，人伤其死，故命舟楫拯之。」⑤灵均：指屈原。屈原名平，字原，他在《离骚》中说：「皇览揆余初度兮，肇锡余以嘉名，名余曰正则兮，字余曰灵均。」正则即平，灵均即原。⑥纫兰佩：语出《离骚》，有「纫秋兰以为佩」句，意思是用兰花装饰衣襟。⑦怀椒糈：语出《离骚》，有「巫咸将夕降兮，怀椒糈而要之」句。椒指香物，用以降神，糈指美酒，用以祭神。⑧角黍：即粽子。⑨把似：倘若、假如。

译文

深深的庭院中，石榴花开放了。我卷起画帘，身穿丝衣，手持纨扇，午间的清风给暑热带来一丝凉爽。少男少女们纷纷夸耀自己过节的装扮，以及新式样的钗上结符和艾草编虎。早已经有游人在观赏龙舟赛了，我因年岁已大，没了凑热闹的兴趣，由得街上的年轻人去举旗擂鼓，一争胜负吧。只见江水飞溅如雨，浪花似在起舞。　屈原的品格是如此高尚啊，回想起他的生平，衣襟上装饰着兰草，胸中又怀着祭神的香

料和美酒。谁能相信这诗人之魂于千年之后，还会在水底垂涎几只粽子呢？还有人说，是为怕蛟龙饥饿发怒，所以才要投食。倘若屈原能够一直清醒到现在，或许还不如当年醉死，会减少些痛苦吧。这些混话也不过聊博一笑，用以凭吊千古英灵而已。

贺新郎・九日

湛湛长空黑①，更那堪、斜风细雨，乱愁如织。老眼平生空四海，赖有高楼百尺。看浩荡、千崖秋色。白发书生神州泪，尽凄凉、不向牛山滴②。追往事，去无迹。少年自负凌云笔③，到而今春华落尽，满怀萧瑟。常恨世人新意少，爱说南朝狂客④，把破帽年年拈出。若对黄花孤负酒，怕黄花也笑人岑寂。鸿去北，日西匿。

注释

①湛湛：深远貌。②牛山滴：《晏子春秋・内篇谏上》：「（齐）景公游于牛山，北临其国城而流涕曰：「若何滂滂去此而死乎？」」后世遂以「牛山泪」为恋生惧死的典故。牛山，在今山东临淄南。③凌云笔：大手笔。《史记・司马相如传》：「相如既奏《大人》之颂，天子大说，飘飘有凌云之气，似游天地之间意。」④南朝狂客：指孟嘉。《晋书・孟嘉传》：「九月九日（桓）温宴龙山，僚佐毕集。时佐吏并着戎服。有风至，吹嘉帽堕地，嘉不之觉。温使左右勿言，欲观其举止。嘉良久如厕。温令取还之，命孙盛作文嘲嘉，著嘉坐处。嘉还见，即答之，其文甚美，四座嗟叹。」此为后世熟典「破帽」的出处。

译文

寥廓的长空一片昏黑，又交织着斜风细雨。实在令人难堪，我的心中纷乱如麻，万缕愁思如织。我平生就喜欢登高临远眺望四海，幸亏如今站着的高楼足有百尺。放眼望去，千山万壑尽在秋色里，我胸襟浩大满怀意绪。虽只是白发书生，流洒的热泪却总是为着神州大地，绝不像登临牛山的古人，为自己的生命短暂而悲泣。追念以往的盛衰兴废，一切都杳无踪迹。少年时我气冲斗牛，自负有凌云健笔。如今才华已经耗尽，只剩满怀萧条寂寞的心绪。常恨世人新意太少，只爱说南朝文人的疏狂旧事。每当重阳吟咏诗句，动不动就把孟嘉落帽的趣事提起，让人感到有些厌腻。如果对着菊花而不饮酒，恐怕菊花也要嘲笑人过于孤寂。只见鸿雁向北飞去，昏黄的斜阳向西方隐匿。

木兰花・戏林推

年年跃马长安市①，客舍似家家似寄。青钱换酒日无何②，红烛呼卢宵不寐③。易挑锦妇机中字，难得玉人心下事。男儿西北有神州，莫滴水西桥畔泪④。

注释

①长安：指临安。②无何：没别的事。③呼卢：古时赌具有五子，类似骰子，五子全黑称为「卢」，掷得「卢」便获全胜，所以赌徒们连连呼「卢」。④水西桥畔：泛指玉人居处。

译文 年年驱马跃临安常常东跑西颠，把旅舍当家园家园倒成了旅店。挥霍钱财换酒醉整天无所事事，点亮了红烛掷骰赌博玩了一夜。 妻子织出的回文诗句容易理解，却难以猜透美丽的妓女的内心。男儿一定要心向西北神州故国，莫为花巷丽人而泪滴水西桥畔。

潘 牥

潘牥（1205—1246），字庭坚，号紫岩，初名公筠，福州富沙（今属福建）人。端平二年（1235）进士。历仕太学正，通判潭州。著有《紫岩集》。《全宋词》录其词五首。

南乡子·题南剑州妓馆①

生怕倚阑干，阁下溪声阁外山。惟有旧时山共水，依然，暮雨朝云去不还②。 应是蹑飞鸾，月下时时整佩环。月又渐低霜又下，更阑，折得梅花独自看③。

注释 ①南乡子：唐教坊曲名。后用作词牌，又名好离乡、蕉叶怨。有单调、双调两种。本词属双调五十六字。南剑州：今福建南平。②暮雨朝云：宋玉《高唐赋序》载，楚王游高唐，梦见神女相陪睡觉，临行说她是巫山神女，「旦为行云，暮为行雨」。③折得梅花句：化用姜夔《疏影》词：「想佩环月夜归来，化作此花幽独。」

译文 我最怕倚靠着栏杆，听那楼下的溪水流淌之声，看那楼外的重重山峦。如今只有这旧日的山和水还没有改变，而那巫山云雨一般的缱绻却一去无踪，再也找不回来了。 想必她应该是驾着飞翔的鸾凤离去的吧，还在月光下不时地整理着身上的佩环。月亮逐渐低落，寒霜已下，已是夜静更深时分，我只好折一枝梅花来独自赏玩。

陆 睿

陆睿（？—1266），字景思，号云西。绍兴府会稽县（今浙江省绍兴市）人。理宗绍定五年（1232）进士。为官敢于直言，斥君主之非。历任礼部员外郎、秘书少监等职。

瑞鹤仙

湿云黏雁影，望征路愁迷，离绪难整。千金买光景①，但疏钟催晓，乱鸦啼暝。花悰暗省②，许多情、相逢梦境。便行云、都不归来，也合寄将音信。 孤迥，盟鸾心在，跨鹤程高，后期无准。情丝待剪，翻惹得，旧时恨。怕天教何处，参差双燕，还染残朱剩粉。对菱花③、与说相思，看谁瘦损。

注释　①光景：即光阴。②悰：指心情、情绪。③菱花：即菱花镜，古代铜镜名，镜多为六角形或背面刻有菱花纹，这里是代指镜。韦庄《捣练篇》有『白袷丝光织鱼目，菱花绶带鸳鸯簇』句。

译文　湿漉漉的阴云粘着灰色的雁影，征途遥远迷蒙，令人心灰意冷。纵花千金也买不到时间芳景，只听到疏落的钟声催促清晨拂晓，乱鸦噪啼带来昏暝。花丛中的欢乐只能暗自记忆，多少幸福的温情，相逢也只能是在梦境。佳人即使化成行云不再归来，也应该给我寄来音信。　我孤独而志意高远，当初恋爱的盟约刻骨铭心。只是难以跨鹤凌云，后会的佳期没法定准。想要剪断情丝，反而惹出旧日的怨恨。真不知会在什么地方，看见双燕上带着她残花的红粉。她或许正在照镜自怜，对着镜子诉说相思情深，看一看谁更加憔悴瘦损？

吴文英

吴文英（1212—约1272），字君特，号梦窗，晚号觉翁。庆元府鄞县（今浙江省宁波市）人。一生没有正式做官，仅做过地方官的幕僚，常以名士清客身份来往于苏州、杭州一带，以词结交达官贵人。他精通音律，能自度曲；其词继承周邦彦、姜夔的传统，讲究辞藻格律，重视艺术技巧，用笔幽深，构思绵密，有较高艺术造诣。然而往往用典较多，语意隐晦难懂。有词集《梦窗甲乙丙丁稿》。

渡江云·西湖清明①

羞红鬟浅恨②，晚风未落，片绣点重茵③。旧堤分燕尾④，桂棹轻鸥⑤，宝勒倚残云⑥。千丝怨碧，渐路入仙坞迷津。肠漫回，隔花时见，背面楚腰身⑦。逡巡⑧，题门惆怅⑨，堕履牵萦⑩。数幽期难准，还始觉留情缘眼，宽带因春⑪。明朝事与孤烟冷，做满湖风雨愁人。山黛暝，尘波淡绿无痕⑫。

注释　①渡江云：词牌名。双调一百字。②羞红：形容红花如含羞美人之容颜。鬟浅：形容绿叶如女子鬟发。③重茵：双层席，厚席。此处比喻芳草。④旧堤：杭州西湖苏堤与白堤交叉，形如燕尾。⑤桂棹：桂木船桨，代指精美之船。⑥宝勒：精美嵌有珠宝的马勒。代指良马。⑦楚腰：美人细腰。楚谚：『楚王爱细腰，宫中多饿死。』⑧逡巡：迟疑不决，欲进不进貌。⑨题门：用吕安题嵇康门事。《世说新语·简傲》：『嵇康与吕安善，每一相思，千里命驾。安后来，值康不在，喜（嵇康兄）出户，延之不入，题门上作「凤」字而去。』此处用字面意，谓恋人不在家。与原典故没有联系。⑩堕履：用张良事。张良在圯上遇一老人，为之下桥捡坠下的鞋，后得授兵书。此处用字面意，即脱鞋以留宿。⑪宽带：身体消瘦而衣带宽。⑫尘波：化用曹植《洛神赋》『凌波微步，罗袜生尘』句意，谓美人不可见。

译文 娇红的花朵如美人含羞的笑脸，嫩绿的叶片点缀在她美丽的双鬓边。我恨晚风不把花儿全都吹落，仿佛绿茵般的草地上只点缀着几个花瓣。旧堤交叉的地方像燕尾一般。桂舟宛若鸥鸟轻快行驶在水面，我骑着宝马好像倚在云端。绿柳丝轻轻飘拂令人伤神，水中的轻舟渐渐进入仙岛美好的港湾。我在岸上紧紧跟随着那只画船，为她的美貌风情而销魂动心。隔着鲜艳的花朵和碧绿的柳条，我不时地看见她那苗条婀娜的腰身。

我迟疑逡巡，好容易才寻找到你的家门，可适逢你偏偏不在，满心惆怅也只好留言题写房门。后来终于遂了心愿，我脱下双履进入你的闺中，那种欢爱快乐的情景真是醉人。以后我时刻计算着下次幽会的日期，有时也没有一个定准。不久我渐渐发现，情思缭绕全是因为你那多情的眼神，衣带渐宽并不是因为伤春。到明天早晨，往事和孤烟一样清冷，满湖的凄风苦雨实在愁人。山色更加幽暗昏暝，水波淡淡，凌波仙子完全没有踪影，望穿双眼也是杳然无痕。

夜合花

自鹤江入京①，泊葑门有感②。

柳暝河桥，莺清台苑③，短策频惹春香④。当时夜泊，温柔便入深乡。词韵窄，酒杯长，剪蜡花、壶箭催忙。共追游处，凌波翠陌，连棹横塘。十年一梦凄凉，似西湖燕去，吴馆巢荒。重来万感，依前唤酒银罂⑤。溪雨急，岸花狂，趁残鸦，飞过苍茫。故人楼上，凭谁指与，芳草斜阳。

注释 ①鹤江：即白鹤溪，在苏州西面。②葑门：又写作封门，为春秋时吴国都城的东门，在今天苏州的东南方。③莺清：别本作『莺晴』。④策：马鞭。⑤罂：一种口小腹大的盛酒器。

译文 河桥上的柳树已沉入暮色，台阁中的莺声清脆婉转，短短的马鞭多次沾染上春花的芬芳。想起当年我们在这里夜间泊船，我如同进入到温柔乡中似的。用窄韵填词，用深杯饮酒，多次剪去烛花，在漏壶声中度过了美好的夜晚。如今追忆这同游之处，水中波荡、路上草青，在那横塘中，我们也曾一起扳动过船桨啊。

岁月如梭，往事似梦，只剩下无尽的凄凉，就好似燕子飞离了西湖，吴地的燕巢已经空荒。故地重游，我内心百感交集，还像从那样唤人上酒，想要一涤愁肠。如今溪上降下急雨，岸边花朵随风狂舞，寂寞失群的乌鸦飞过那苍茫天际。故人此刻或许正在楼上远眺，又有谁向她指点着芳草和斜阳呢？

霜叶飞·重九①

断烟离绪，关心事，斜阳红隐霜树。半壶秋水荐黄花，香噀西风雨。纵玉勒、轻飞迅羽，凄凉谁吊荒台古。记醉踏南屏②，绿扇咽寒蝉，倦梦不知蛮素③。聊对旧节传杯，尘笺蠹管，断阕经岁慵赋。小蟾斜影转东篱④，夜冷残蛩语。早白发、缘愁万缕。惊飙从卷乌纱去⑤，漫细将、茱萸看⑥，但约明年，

翠微高处。

注释 ①霜叶飞：词牌名。又名斗婵娟。双调一百一十一字。②南屏：山名，「南屏晚景」为西湖十景之一。③蛮素：白居易有二姬，一名樊素，一名小蛮。白有诗赞曰：「樱桃樊素口，杨柳小蛮腰。」此处借指爱妾。④小蟾：未圆之月。⑤惊飙句：用孟嘉事，见刘克庄《贺新郎》注。⑥茱萸：植物名，生于川谷，其味香烈。古俗重阳节佩之以驱邪避灾。

译文 断断续续的炊烟宛如离情别绪，更令人伤心的景象，是昏暝的斜阳向绛红的霜叶树后悄悄隐去。我舀来半壶秋水，插一束菊花将她默默奠祭。在凄楚的秋风秋雨中，菊花依旧散发着香气。在这种时候，谁又能纵马扬鞭，如小鸟般飞速迅疾，去凭吊那些凄凉的荒台古迹？记得我们共同去游览南屏，当时我昏醉沉迷。如今只有寒蝉在低声呜咽，她的彩扇又在哪里？我的爱妾又去了何地？　如今又是重阳节，虽应景传杯却毫无意绪。任凭素笺落满尘埃，随便蠹虫蛀坏毛笔，未完成的辞章经年也懒得再续。半轮素月的斜辉洒满东篱。清冷的寒夜，蟋蟀在哀声低语。我已是满头白发，只因愁思万缕，任随狂风把帽子吹去。我徒自把茱萸仔细观看，只能预定明年再登那山峰的高处。

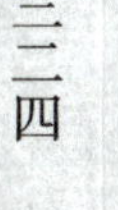

宴清都·连理海棠①

绣幄鸳鸯柱②，红情密，腻云低护秦树③。芳根兼倚④，花梢钿合⑤，锦屏人妒。东风睡足交枝，正梦枕、瑶钗燕股⑥。障滟蜡⑦、满照欢丛⑧，嫠蟾冷落羞度⑨。　人间万感幽单⑩，华清惯浴⑪，春盎风露⑫。连鬟并暖⑬，同心共结⑭，向承恩处。凭谁为歌长恨⑮？暗殿锁、秋灯夜语。叙旧期⑯、不负春盟⑰，红朝翠暮。

注释 ①这首词咏连理海棠，兼叙李隆基和杨玉环的爱情故事，感慨人世间无数的多情男女不能结为连理，寄寓着有情人终成眷属的美好愿望。咏物工切，巧合人事；托意高远，含蓄有致。连理：指草木不同根而枝干连生在一起。古时常借喻情人的结合。海棠：落叶小乔木，春天开花，浅红色，花团锦簇，十分艳丽，为古代著名观赏植物。唐明皇李隆基曾以海棠花喻杨贵妃。②绣幄（wò）：锦绣帐幕。喻海棠的美丽的树冠。鸳鸯柱：如鸳鸯成双并立的柱子，喻连理海棠的两棵树干。③腻云：浓云。喻绿叶。秦树：指连理海棠。传说秦中（长安一带）有双株海棠，高数十丈。④芳根：海棠根的美称。兼倚：互相依偎。⑤钿（diàn）：用金玉等制成的花形首饰。⑥瑶：美玉。钗（chāi）：妇女一种首饰，由两股合成。燕股：燕尾般的钗股。⑦障：用布幔遮风。滟（yàn）蜡：烛泪满溢的蜡烛。⑧欢丛：指茂密的海棠枝叶。⑨嫠（lí）：寡妇；蟾（chán）：

月的代称。这里指神话中的月宫仙女嫦娥。嫦娥离开丈夫孤身奔月，因称『嫠蟾』。⑩幽单：幽闭孤单。指男女婚恋受到限制、阻隔。⑪华清：华清池，华清宫的温泉，在今陕西省骊山上。唐明皇常带杨贵妃到这里过冬。⑫盎（àng）：形容泉水充溢。⑬连鬟：指女子出嫁。古时女子出嫁，将双鬟合为一髻。并暖：共寝。⑭同心共结：即共结同心结。同心结：用锦带打成的菱形连环回文结，男女用以表示恩爱同心。⑮凭：请，托。长恨：生离死别的无穷怨恨。此指『安史』乱起，杨贵妃缢死马嵬坡，唐明皇怅恨不已。⑯期：约会，盟约。⑰春盟：永结夫妻的盟誓。

译文

这连理海棠，远远望去，好像鸳鸯双柱支撑着锦绣的帷幕。红花朵朵，紧密相依，若有深情。绿叶茂密，好似浓云，低低地护住这秦地的名树。它们的芳根，相互依偎拥抱；它们的花梢，像美人的满头花钿交合在一起，使锦屏里独居的女郎，妒羡不已。在春风中，海棠花仿佛是熟睡在交叉的树枝上，正梦见自己枕着燕尾似的瑶钗休息呢。人们夜里还来观赏，手执烛泪充溢的蜡烛，用布幔遮风，把海棠茂盛的枝叶全都照得通明。在月宫寡居的嫦娥，一天到晚冷冷清清，看到这般情景，羞愧得怕从天空度过。人世上有多少多情的男女感到幽闭孤独啊！只有杨贵妃得天独厚，皇帝经常恩赐她在华清池沐浴，受尽了皇家的春风雨露。她双鬟合髻时，在承受皇上恩泽的皇宫深处，与皇上同床共暖，共结同心结，表示要恩恩爱爱永为夫妻。

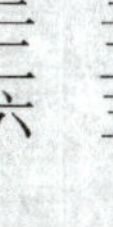

可是，好景不长。『安史』乱起，杨玉环死于非命，也让李隆基失去了皇帝宝座，独处深宫。托谁为他们唱支歌，倾诉他们绵绵不尽的怨恨呢？在那上了锁的昏暗的宫殿里，秋夜孤灯之下，李隆基自言自语。他叙述着往日的盟约，表示决不辜负生生世世为夫妻的誓言，就像那连理海棠一样，朝朝暮暮，偎红依翠，永不分离。这也是天下有情人的共同愿望吧！

花犯

郭希道送水仙①，索赋。

小娉婷，清铅素靥②，蜂黄暗偷晕③，翠翘欹鬓④。昨夜冷中庭，月下相认。睡浓更苦凄风紧，惊回心未稳。送晓色、一壶葱茜⑤，才知花梦准。湘娥化作此幽芳，凌波路，古岸云沙遗恨。临砌影，寒香乱、冻梅藏韵。熏炉畔、旋移傍枕，还又见、玉人垂绀鬒⑥。料唤赏、清华池馆⑦，台杯须满引⑧。

注释

①郭希道：吴文英的友人，具体事迹不详。②清铅素靥：喻水仙花白瓣，靥即面颊上的酒窝。③蜂黄：古代妇女涂额的黄色妆饰，也称花黄、额黄。李商隐《酬崔八早梅有赠兼示之作》有『何处拂胸资蝶粉，几时涂额藉蜂黄』句。④翠翘：指妇女头上的翠玉妆饰。⑤葱茜：青翠茂盛。⑥绀鬒：绀指黑青色，鬒指美

发。⑦清华池馆：疑指郭希道的住所，《梦窗词》中有《婆罗门引·郭清华席上为放琴客而有所盼赋以见喜》、《绛都春·为郭清华内子寿》等篇，清华或即郭希道的字或号。⑧台杯：大小杯重叠成套，称台杯。

译文 小小的水仙花就如同婀娜的少女，素面不施胭脂，只淡淡地敷粉，但在额头上却悄悄抹上一点黄晕，鬓角插着翠绿色头饰。昨晚庭院中非常清冷，我似乎在月光下与她相识。那时候睡意正浓，却被凄凉的夜风惊醒，心中不能平静。当曙光来临，你送来了那一壶青翠的水仙，我才知道梦中见花的预兆是多么准确啊。

一定是湘江神女变化成了这丛清幽的芬芳，她踏波而来，在这古老的岸边，在这云和沙之间，留下千年遗恨。台阶前落下了她的影子，清寒的香气纷乱，就连傲寒而立的梅花也要甘拜下风，藏起自己的神韵。我先把她安置在熏炉旁边，继而又移至枕畔，于是再次见到了垂下青丝秀发的玉一般莹洁的佳人。想来你在自己家中也一样喜爱她，呼朋唤友前来观赏吧，那时候可要把台杯斟满，把酒共欢啊。

浣溪沙·秋情

波面铜花冷不收①，玉人垂钓理纤钩②，月明池阁夜来秋。 江燕话归成晓别，水花红减似春休，西风梧井叶先愁。

注释 ①波面铜花：指水面清澈如镜。古代有些铜镜刻有花纹，故称铜花。②纤钩：月影。

译文 池水像天冷了忘收起来的镜子，弯弯的月影像美人垂钓的鱼钩，秋夜池边的楼阁上有明月相伴。当年像双燕话归却在清晨分离，春意终结时水面上莲荷凋谢了，西风吹过梧桐叶子已先自飘零。

风入松

听风听雨过清明，愁草瘗花铭①。楼前绿暗分携路，一丝柳、一寸柔情。料峭春寒中酒②，交加晓梦啼莺③。 西园日日扫林亭，依旧赏新晴。黄蜂频扑秋千索，有当时纤手香凝。惆怅双鸳不到④，幽阶一夜苔生。

注释 ①瘗（yì）：埋葬。②中（zhòng）酒：醉酒。③交加：纷多杂乱貌。④双鸳：鸳鸯履，指女鞋。

译文 听着风声听着雨声度过清明，埋葬残花后写成葬花的铭文。在楼前绿柳掩映处我们分手，每条柳丝都寄托着一寸柔情。春寒料峭我又喝得酩酊大醉，想梦见你却又被莺啼声唤醒。 西园里天天清扫着林中小亭，依旧欣赏着风雨过后的新晴。黄蜂频频地飞扑秋千的吊绳，还有当时她纤手残留的香气。惆怅柳荫路不见她步履双痕，幽暗的台阶一夜间青苔丛生。

点绛唇·试灯夜初晴①

卷尽愁云，素娥临夜新梳洗。暗尘不起，酥润凌波地。 辇路重来②，仿佛灯前事。情如水，

小楼熏被，春梦笙歌里。

注释 ①试灯夜：指元宵节的前一天，宋代风俗，农历十二月下旬即开始试灯，直至正月十四日。②辇路：帝王车驾经行之路，这里指京城繁华的大街。

译文 风吹散了愁云，仿佛是嫦娥在傍晚时分又重新梳洗了一番。小雨滋润了姑娘们踏过的土地，没有溅起一点昏暗的尘埃。　我再次来到这条御街，从前灯节的往事又浮现在眼前。我的思念如水绵长啊，于是便回到小楼，盖着熏香的锦被，去寻找那笙歌欢畅的春梦。

祝英台近·春日客龟溪游废园①

采幽香，巡古苑②，竹冷翠微路③。斗草溪根④，沙印小莲步。自怜两鬓清霜，一年寒食⑤，又身在、云山深处。昼闲度。因甚天也悭春⑥，轻阴便成雨。绿暗长亭⑦，归梦趁飞絮。有情花影阑干⑧，莺声门径，解留我、霎时凝伫⑨。

注释 ①这首词写异乡游园感怀。词人感伤自己年已衰老又漂泊异乡，孤独寂寞，虚度光阴，面对长亭柳色，不禁动了思乡之情。因物生感，一腔幽怨；移情莺花，感喟良深。龟溪：在今浙江省德清县境。②苑（yuàn）：园林。③翠微：青翠掩映的样子。④斗草：古时妇女中流行的一种游戏。⑤寒食：寒食节，古

吴文英

吴文英

代重要民俗节日之一，在清明节前一天。⑥悭（qiān）：吝啬，吝惜。⑦长亭：古时官道边供行人休息或送行的亭舍，有长亭、短亭之分。⑧阑干：同『栏杆』。⑨霎（shà）时：片刻。凝伫（zhù）：站立凝神思索。

译文 我采集一束野花，在这古旧的园林中漫游，穿过清冷的竹林中青翠掩映的小路。几个少女在小溪的源头做斗草游戏，沙岸上留着她们莲花瓣似的小小足迹。看到这些天真活泼的少女，我不禁暗自悲伤，可叹自己已是两鬓如霜；一年一度的寒食节又到，况又孤身在云山深处彷徨。　漫漫白昼，在无聊中消磨。不知为什么，天也吝惜春色；薄薄的阴云便化作大雨，想尽情游赏却无可奈何。长亭边的柳荫已十分浓绿，我不禁思念家乡；归去的梦想，随柳絮飞向远方。幸亏栏杆旁的花影，门前路上的莺声，仿佛对我有情，了解我的苦衷，留我倚立片刻，思索凄凉平生。

祝英台近·除夜立春

剪红情，裁绿意①，花信上钗股②。残日东风，不放岁华去。有人添烛西窗，不眠侵晓，笑声转新年莺语。　旧尊俎③，玉纤曾擘黄柑，柔香系幽素。归梦湖边，还迷镜中路④。可怜千点吴霜，寒消不尽，又相对落梅如雨。

注释 ①剪红情二句：剪彩为红花绿叶，即春幡。立春日女子多以此为头饰。②花信：花信风的简称，

犹言花期。③俎：砧板。④镜中路：湖上路。

译文 剪一朵红花，裁一片绿叶。这精美的花儿和叶，带着融融春意，在美人头钗上颤斜。斜阳迟迟下落，春风骀荡温和，宛如要留下最后的时刻。西窗下有人添上新膏油，点亮守岁的灯火。人们彻夜不眠，在笑语欢声中，迎来新春的佳节。　在旧日的砧板上，美人白皙的纤手曾亲自把黄柑切割。温馨的芳香中带着甜甜的蜜意，至今在我的心中萦绕郁结。我渴望在梦境中回到湖边，在平波如镜的路上竟迷蒙而不知处所。可叹点点繁霜染白我的双鬓，更那堪料峭的寒气又不肯消歇，凋零的梅花又如雨点般纷纷飘落。

澡兰香·淮安重午①

盘丝系腕②，巧篆垂簪③，玉隐绀纱睡觉④。银瓶露井⑤，彩箑云窗⑥，往事少年依约。为当时、曾写榴裙⑦，伤心红绡褪萼。黍梦光阴⑧，渐老汀洲烟蒻⑨。　莫唱江南古调，怨抑难招，楚江沉魄⑩。薰风燕乳⑪，暗雨梅黄⑫，午镜澡兰帘幕⑬。念秦楼、也拟人归，应剪菖蒲自酌⑭。但怅望、一缕新蟾，随人天角。

注释 ①重午：即五月初五端午节。②盘丝系腕：旧俗在端午节系五彩丝线于手腕，可以避邪。③巧篆垂簪：旧俗在端午节书符系钗，可避刀兵灾祸。④绀纱：天青色帐幔。⑤露井：无盖之井。⑥彩箑：即彩扇，扬雄《方言》说：『自关而东谓之箑，自关而西谓之扇。』⑦曾写榴裙：典出《宋书·羊欣传》：『羊欣着练裙昼寝，王献之诣之，书其裙数幅而去。』⑧黍梦：指黄粱一梦，典出沈既济《枕中记》，载卢生相遇方士吕翁，诉其不得意，『言讫，而目昏思寐，时主人方蒸黍，翁乃探囊中枕以授之，曰：「子枕吾枕，当令子荣适如志。」』其后卢生即于梦中富贵，等其醒来时，『吕翁坐其傍，主人蒸黍未熟，触类如故』，于是他终于大彻大悟。⑨蒻：嫩蒲草。别本作『箬』。⑩楚江沉魄：指屈原投汨罗江事。⑪燕乳：即乳燕。⑫梅黄：别本作『槐黄』。⑬午镜：旧谓端午日所铸铜镜可以避邪。白居易《百炼镜》即述此物，有『江心波上舟中铸，五月五日日午时』句。澡兰：旧俗端午日要用兰汤沐浴，唐宋时又称端午节为浴兰节。⑭剪菖蒲：旧俗于端午节剪菖蒲泛酒而饮，可避瘟疫。

译文 五彩丝线系在手腕上，小巧的符篆垂在发钗下，天青色的帐幔中，美人才刚睡醒，身影隐约。露井旁用银瓶汲水，云窗下执彩扇清歌，少年时的往事依稀仍在眼前。我当年曾在她的石榴裙上题字，为了花朵凋零而伤心。如今仿佛黄粱一梦似的，光阴如梭，沙洲上烟雾蒙蒙的嫩蒲也逐渐老去了。　不要再歌唱古老的江南民歌了吧，那幽怨的曲调是很难招回投江而死的屈原魂魄来的呀。暖风醉人，乳燕轻飞，梅子黄时，阴雨连绵，在帘幕后面，她才兰汤沐浴，正在对镜梳妆吧。想必她一定在高楼上等待我回去，正在剪碎菖蒲，

独自饮酒。但我却只能怅然遥望着一弯新月，伴随自己走向海角天涯……

莺啼序·春晚感怀①

残寒正欺病酒②，掩沉香绣户③。燕来晚、飞入西城，似说春事迟暮。画船载、清明过却，晴烟冉冉吴宫树④。念羁情、游荡随风，化为轻絮。　十载西湖，傍柳系马，趁娇尘软雾。溯红渐招入仙溪⑤，锦儿偷寄幽素⑥。倚银屏、春宽梦窄，断红湿、歌纨金缕⑦。暝堤空，轻把斜阳，总还鸥鹭。

幽兰旋老，杜若还生，水乡尚寄旅。别后访、六桥无信⑧，事往花委⑨，瘗玉埋香⑩，几番风雨。长波妒盼，遥山羞黛，渔灯分影春江宿。记当时、短楫桃根渡⑪，青楼仿佛。临分败壁题诗，泪墨惨淡尘土。　危亭望极，草色天涯，叹鬓侵半苎⑫。暗点检、离痕欢唾，尚染鲛绡⑬。亸凤迷归⑭，破鸾慵舞⑮。殷勤待写，书中长恨，蓝霞辽海沉过雁⑯。漫相思、弹入哀筝柱。伤心千里江南⑰，怨曲重招，断魂在否？

注释

①莺啼序：词牌名。一名丰乐楼。四片二百四十字。②病酒：饮酒过量而不适。③沉香：沉香木。著名香料。④吴宫：泛指南宋宫苑。临安旧属吴地，故云。⑤溯红句：用刘义庆《幽明录》所载刘晨、阮肇入天台山遇仙事。⑥锦儿：钱塘名妓杨爱爱的侍女。见洪遂《侍儿小名录》。此处泛指侍女。⑦歌纨：歌唱时所执的纨扇。金缕：金缕衣。用金线刺绣的舞衣。⑧六桥：杭州西湖外湖有六桥，即映波、镇澜、望山、压堤、东浦、跨虹。为苏轼所建。⑨花委：花谢。委，通『萎』。⑩瘗玉埋香：指美人已逝。瘗，埋。玉、香，喻指美人。⑪桃根渡：指离别之地。桃根为桃叶之妹，均是王献之爱妾。⑫苎：白色的苎麻。比喻白发。⑬鲛绡：薄丝手帕，传为鲛人所织丝。后泛指丝巾丝帕。⑭亸：下垂貌。⑮破鸾：孤鸾。用罽宾王鸾镜事，见卢祖皋《宴清都》注。⑯蓝霞：蓝色云霞，指天空。辽海：辽阔的海面，泛指大海。⑰伤心句：《楚辞·招魂》：『目极千里兮伤春心，魂兮归来哀江南。』此处化用其意，悼念死者。

译文

轻微的春寒，仿佛在欺我喝多了酒，浑身发冷而难受，我燃起沉香炉，紧紧关下彩绘的门户。迟来的燕子飞进西城，宛如在诉说春天已经迟暮。画船载酒游玩西湖，清明就这样过去，暗烟缭绕着吴国宫殿中的树木。我心中有千万缕羁思旅情，随风而化作轻飞的柳絮。　我曾有十年生活在西湖，把我的马匹拴系在岸边的柳树，我曾经追随着芳尘香雾。沿着红花烂漫的堤岸，我渐渐进入仙境般的去处。你叫侍儿偷偷送来情书，把一怀芳情暗暗倾诉。在温馨幽密的银屏深处，我们有过多少快乐和欢娱。可惜的是春长梦短，欢乐的时光何其短促。你掺着红粉的眼泪，沾湿了歌扇和金线刺绣的衣服。西湖的湖堤昏暝空寂，夕阳中的西湖美景，全都让给了那些鸥鹭。　幽兰转眼间就已老去，新生的杜若散发着香气。我在这异地的水乡漂泊

羁旅。分别后我也曾重访过六桥故地，却再也得不到佳人的信息。往事如烟，春花枯萎，无情的风风雨雨，埋葬了多少香花和美玉。你生得是那样美丽，即使那清澈透明的水波，也要把你的明眸妒忌，即使那苍翠葱茏的远山，见到你那弯弯的秀眉也要含羞躲避。江面上倒映着点点渔灯，我与你在画船中双栖双宿。当年渡口送别的情景，我还记得清清楚楚。你住过的妆楼依然如故，分手时我曾在败壁题写诗句，和着泪水的墨痕已蒙上尘土，字迹惨淡而又模模糊糊。 登上高亭我凝神骋目，只见芳草一直蔓延到天边的远处，叹息自己的一半鬓发已雪白如苎。我默默地翻检旧物。你留下的丝帕上，还带着离别时的泪痕和香唾，那是往日悲欢离合的记录。我就像垂下翅膀的孤凤迷了归路，又像失去伴侣的孤鸾懒得飞舞。我要把满心悲恨写成长长的情书，但在蓝天大海上没有鸿雁的身影，有谁来为我传达相思的情愫。只能把相思之苦寄托在哀筝的弦柱，徒自弹出满心的愁苦。千里江南处处令我伤心，你的灵魂是否就在近处，你可曾听见我这哀怨的辞章，撕心裂肺，无限痛楚，如泣如诉？

惜黄花慢①

次吴江，小泊②。夜饮僧窗惜别。邦人赵簿携小妓侑尊③，连歌数阕④，皆清真词⑤。酒尽已四鼓⑥，赋此词饯尹梅津⑦。

送客吴皋⑧，正试霜夜冷⑨，枫落长桥⑩。望天不尽，背城渐杳⑪，离亭暗暗，恨水迢迢⑫。翠香零落红衣老，暮愁锁、残柳眉梢⑬。念瘦腰、沈郎旧日⑭，曾系兰桡⑮。 仙人凤咽琼箫⑯，怅断魂送远⑰，《九辩》难招⑱。醉鬟留盼⑲，小窗剪烛，歌云载恨⑳，飞上银霄。素秋不解随船去㉑，败红趁、一叶寒涛㉒。梦翠翘㉓，怨鸿料过南谯㉔。

注释

①这首词写送别好友时的悲怨心情。亭暗暗而伤离，水迢迢而含恨，荷花零落，残柳生愁，举目所见，无不伤怀；更有歌声载恨，落花系情，生离之悲，可谓极矣。抒情善于假人假物，尤妙于移情于景，借景抒情。②次：途中停留。吴江：今江苏省吴江市。泊（bó）：停船靠岸。③邦人：本地人。赵簿：姓赵的主簿（县里主管文书簿籍的官吏）。妓：歌妓。侑（yòu）尊：劝酒。④阕（què）：乐终。因称一曲为一阕。⑤清真：周邦彦号清真居士。⑥四鼓：四更。旧时一夜分为五更，由鼓声报更。⑦饯（jiàn）：设酒食送行。此为赠别之意。尹梅津：名焕，字惟晓，作者好友，曾为其词集作序。⑧皋：岸。⑨试霜：初霜，开始下霜。⑩长桥：指吴江垂虹桥。⑪杳（yǎo）：幽远难见。⑫迢迢（tiáo tiáo）：遥远，悠长。⑬眉梢：指柳叶。⑭沈郎：指南朝的沈约。他由于仕途不如意，曾写信给友人，称自己因老病而腰围瘦损，革带移孔。⑮兰桡（ráo）：桨的美称。这里借指船。桡，桨。⑯仙人：指友人之妻。凤咽琼箫：意谓箫声低沉呜咽。传说秦穆公时有个

叫萧史的人，善吹箫，穆公的女儿弄玉很喜欢他，于是穆公就把弄玉嫁给他。他天天教弄玉吹箫，箫声似凤鸣。后来引来了凤凰，夫妻俩一起随凤凰飞去。琼箫，即玉箫，箫的美称。⑰断魂：漂泊的孤魂。作者自指。⑱《九辩》：战国时期楚国宋玉的作品，其中有感慨羁旅无友的沉痛感情。⑲鬟：女子一种环形发髻，这里借指歌妓。盼：指女子清朗美丽的眼神。⑳歌云：响遏行云的歌声。㉑素秋：秋天。此指秋景。㉒趁：随，追逐。一叶：指友人乘的小船。㉓梦：忆念的意思。翠翘：古代妇女一种首饰。这里借指自己的心上人。㉔谯（qiáo）：谯楼，古时建在城门上的望楼。

译文　送客吴江岸上，正值严霜始降，夜来天气寒凉；长桥一带，枫叶已经凋丧。遥望长空，看不到尽头；回顾高城，越来越模糊。送别的长亭，暗淡凄凉；带着离恨的江水，悠悠流向远方。翠叶零落，红花枯萎，失去了芳香。黄昏的离愁，笼罩着枝叶稀疏的残柳。记得腰围减损的沈郎，从前也曾在这里系舟，却不曾像我现在这样消瘦。　此时此刻，令妻在家想必正把玉箫轻吹，风声呜咽低沉，无限伤悲；可叹我这个羁旅孤魂送你远归，即使作一篇新的《九辩》，也难招回。带着醉意的歌女凝住美丽的眼神，在小窗前剪去烛灰；她响遏行云的歌声载着我的离恨，飞上云霄银河水。这里的秋景，不知道跟着你的船送你归去。只有落花趁着寒波，与你的小船紧紧相随。看你即将到家团圆，我也想到我的心上人；料想那哀怨的孤鸿即将飞过南楼，不知道它能不能为我捎回书信？

高阳台·落梅

宫粉雕痕，仙云堕影，无人野水荒湾。古石埋香①，金沙锁骨连环②。南楼不恨吹横笛，恨晓风、千里关山。半飘零，庭上黄昏，月冷阑干。　寿阳空理愁鸾③，问谁调玉髓，暗补香瘢④。细雨归鸿，孤山无限春寒⑤。离魂难倩招清些⑥，梦缟衣⑦、解佩溪边。最愁人，啼鸟晴明，叶底青圆⑧。

注释　①古石埋香：典出周越《法书苑》引《玉溪编事》，载前蜀秦州节度使王承俭筑城，获一石刻女子棺铭，上有『深深葬玉，郁郁埋香』语。②金沙锁骨连环：典出《续玄怪录》，载延州有妇人既绞，有西域胡僧谓此即锁骨菩萨，众人开墓，见遍身之骨，皆钩结为锁状。又《五灯会元》载，僧问『如何是清静法身』，师云：『金沙滩头马郎妇。』传马郎妇为观音化身。此将二事合而为一，黄庭坚《观世音赞》有『设欲真见观世音，金沙滩头马郎妇』句，另《戏答陈季常寄黄州山中连理松枝》有『金沙滩头锁子骨，不妨随俗暂婵娟』句。③寿阳：即寿阳公主，创梅花妆者也。④谁调玉髓，暗补香瘢：典出《拾遗记》，载三国时孙和月下舞水晶如意，误伤邓夫人颊，太医以獭髓杂玉与琥珀合药敷之，愈后无瘢痕。⑤孤山：在杭州西湖边，林逋尝隐居于此，植梅无数。⑥些：语助词，古楚人习用，《楚辞》很多句尾都加『些』字。⑦缟衣：素衣，白衣。⑨青圆：别

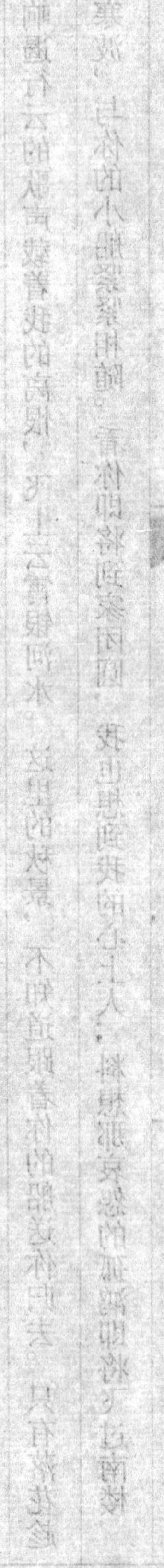

本作『清圆』。

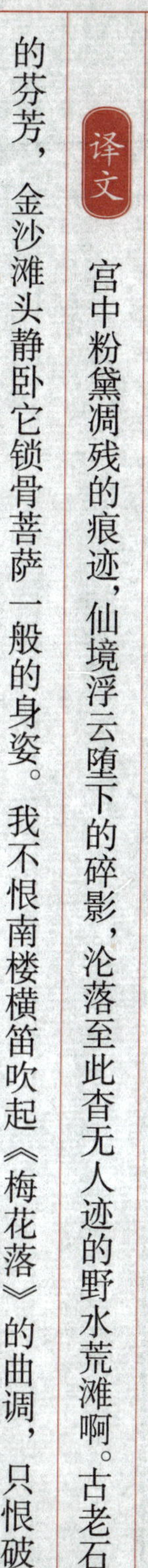

译文 宫中粉黛凋残的痕迹，仙境浮云堕下的碎影，沦落至此杳无人迹的野水荒滩啊。古老石棺埋葬了它的芬芳，金沙滩头静卧它锁骨菩萨一般的身姿。我不恨南楼横笛吹起《梅花落》的曲调，只恨破晓的寒风送它度过千里关山。梅花已飘零过半啊，黄昏笼罩着庭院，冷月映照着栏杆。寿阳公主面对着鸾镜发愁啊，试问有谁能调匀玉髓，来悄悄补好额头梅花的瘢痕呢？细雨中鸿雁归去，孤山上散发出无限的春寒。这凄清的离魂啊，难以请人将其招还，我只能在梦中见到那白衣仙子，在溪水边解下玉佩来相赠。最使人惆怅的，是鸟儿在晴朗的白昼啼鸣，在叶底已结出了青涩浑圆的梅子。

高阳台·丰乐楼分韵得『如』字①

修竹凝妆，垂杨驻马，凭阑浅画成图。山色谁题？楼前有雁斜书。东风紧送斜阳下，弄旧寒、晚酒醒余。自消凝，能几花前，顿老相如②？伤春不在高楼上，在灯前欹枕，雨外熏炉。怕舣游船③，临流可奈清臞④？飞红若到西湖底，搅翠澜、总是愁鱼。莫重来、吹尽香绵⑤，泪满平芜。

注释 ①丰乐楼：在临安丰豫门外，原名众乐亭，后改为耸翠楼，徽宗政和年间改名丰乐楼。理宗淳祐九年（1249）重建，扩大规模，为西湖诸楼之冠。吴文英曾在壁上大书其词《莺啼序》，一时为人所传诵。分韵：一种和诗、和词的方式，数人共赋一题，选定某些字为韵，用抓阄儿或指定的办法分每人韵字，然后依韵而作。②相如：西汉文学家司马相如。此处是作者自指。③舣：停船靠岸。④清臞：即清癯，清瘦。⑤香绵：指柳絮。

译文 一丛丛修长的青竹，宛如盛妆的少女凝神久伫。我穿过竹林来到楼前，把马匹拴在楼前的柳树。登上高楼凭栏远眺，清丽的湖水仿佛画图。这浓墨淡彩不知出自哪家的手笔，楼前斜行飞翔的大雁，如同画面上题款的楷书。东风凄紧催送夕阳西下，阵阵晚凉将我们的酒意消除。我独自伤心感叹，在花前观赏流连还能有几度，想不到我衰老的竟是这样迅速。更令我伤心的时候，并不是在高楼上登临送目，而是在灯前斜倚绣枕，旁边放着熏炉，独听窗外的雨声簌簌。我害怕泊舟堤岸，怕在清波中看见自己的清瘦的面目。落花若是飞到西湖的波底，就连水中的鱼儿也会忧伤愁苦。千万不要再来这里，因为那时无情的春风会把柳絮吹得满天飘舞，像人伤心的眼泪一样落满平芜。

三姝媚·过都城旧居有感①

湖山经醉惯，渍春衫②，啼痕酒痕无限。又客长安③，叹断襟零袂④，涴尘谁浣⑤？紫曲门荒⑥，沿败井、风摇青蔓。对语东邻，犹是曾巢，谢堂双燕⑦。春梦人间须断⑧。但怪得当年，梦缘能短⑨。绣屋秦筝⑩，傍海棠偏爱⑪，夜深开宴。舞歇歌沉，花未减、红颜先变⑫。伫久河桥欲去⑬，斜阳泪满。

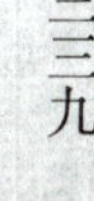

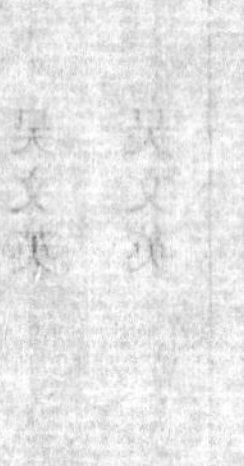

注释

①这首词写重访旧居，追忆昔日的欢乐，悼念已故的情人，抒发人生巨变的失落感。抚今追昔，曲折缠绵。跌宕多姿，情深意远。都城：南宋都城临安，今杭州市。②渍（zì）：沾染。③长安：汉唐旧都，借指临安。④零：不完整。袂（mèi）：衣袖。⑤涴（wò）：沾污。浣（huàn）：洗涤。⑥紫曲：紫陌曲巷，指京城街巷，旧居所在。⑦谢堂：指东晋贵族谢家的住宅。这里借指自己的旧居。刘禹锡《乌衣巷》诗："旧时王谢堂前燕，飞入寻常百姓家。"⑧春梦：喻男女美好姻缘。⑨能：通"恁"。那么。⑩秦筝：一种拨弦乐器。参阅张先《菩萨蛮》注。⑪海棠：落叶小乔木，春天开花。花色艳丽，为当时著名庭院观赏植物。⑫红颜：美女，指自己的情人。变：此指故去。⑬伫（zhù）：久立有所等待。

译文

从前，我和她常在西湖的山山水水中游宴，无数的酒痕、泪痕，沾染了我的衣衫。这次我又客居京都，可叹一身破旧衣服，沾满尘土，无人洗涤，无人缝补。当年的住宅，门里门外一片荒芜，沿着残破的井栏，野生青蔓在风中飘拂。东邻有双燕呢喃对语，还是从前在这里筑巢的一对燕子，它们也仿佛十分惋惜，故居已不能栖息。

人间的美好姻缘，都必会有个了断，但令我惊怪的是，当年我们的姻缘那么短暂！那时，我常常在绣房里听她妙弹筝曲，我们更爱深夜在海棠树下歌舞欢宴。如今，她的舞姿歌声早已消逝；海棠花依旧鲜艳，她却先自永别人间。我来到河桥上久久站立，打算离去又有所留恋；面对即将落下的夕阳，不觉两眼泪水布满。

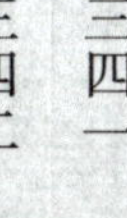

八声甘州·灵岩陪庾幕诸公游①

渺空烟四远，是何年、青天坠长星？幻苍崖云树，名娃金屋，残霸宫城②。箭径酸风射眼，腻水染花腥。时靸双鸳响，廊叶秋声③。　宫里吴王沉醉，倩五湖倦客④，独钓醒醒。问苍天无语，华发奈山青。水涵空、阑干高处，送乱鸦、斜日落渔汀。连呼酒、上琴台去⑤，秋与云平。

注释

①灵岩：山名，在今苏州市西，上有春秋时吴国的遗迹。庾幕：仓幕，仓台幕府。②名娃金屋：名娃，指西施。金屋，原指汉武帝少时要给阿娇住的华贵房屋。此指吴王为西施所建的馆娃宫。残霸：吴王夫差一度称霸，后为越王勾践所灭，故云。③靸：拖鞋，此作动词用。廊：指响屧廊。相传吴王令西施步屧，廊虚而响，故名。④五湖倦客：指范蠡。⑤琴台：在灵岩山上。

译文

纵目四望只见长天空阔云烟渺茫，究竟是在哪一年青天坠落了长星？幻化出这座苍翠的山崖云树葱茏，还存有夫差的宫城和美人的宫殿。小径直如箭矢一般酸风刺人眼睛，脂粉污染清流鲜花也被染了腥气。耳边响起的是不是美人的木屐声，抑或是秋风吹着树叶飒飒响不停。

当年吴王夫差沉醉在吴国的宫殿，那厌倦仕途的范蠡隐退之间五湖，独钓江流使头脑无比清醒和灵活。忍不住向苍天发问却没得到回应，满头

花白头发如何面对苍苍青山。清清湖水虚涵着碧蓝无边的天空，登到高处凭倚着栏杆向远处眺望，眼望着乱飞的乌鸦远远离开这里，斜日渐渐沉落在渔翁垂钓的沙汀。我心潮起伏连声呼唤小二拿酒来，赶快登上西北最高山峰上的琴台，把我满腔的悲愤全部交付给秋云。

踏莎行

润玉笼绡，檀樱倚扇①。绣圈犹带脂香浅②。榴心空叠舞裙红，艾枝应压愁鬟乱③。午梦千山，窗阴一箭，香瘢新褪红丝腕。隔江人在雨声中，晚风菰叶生秋怨④。

注释

①檀樱：浅红色的樱桃小口。檀，浅红色。②绣圈：绣花圈饰。③艾枝：端午节用艾叶做成虎形，或剪彩绢为小虎，粘艾叶以戴。见《荆楚岁时记》。④菰：水生植物，茎一称茭白，可做菜，籽实可食。

译文

肌肤柔润如同白玉，罩着薄薄透明的纱衣。浅红的樱桃小口，用罗绢团扇轻轻遮蔽。丝绣的花环还带着淡淡的脂粉香气。大红色的舞裙上，石榴花的花纹重重叠起，斜插着的艾枝轻压舞乱的发髻。午梦迷离，醒来时梦中的景象已隔千山万里，只见窗前的月影不断东移，光阴像箭一样迅速飞逝。手腕上红丝线勒出的印痕刚刚褪去。江面上雨声淅沥，却无法望到思念中的你。只有萧萧的晚风吹着菰叶，那况味简直就像已经到了秋季。

瑞鹤仙①

晴丝牵绪乱②，对沧江斜日③，花飞人远④。垂杨暗吴苑⑤。正旗亭烟冷⑥，河桥风暖。兰情蕙盼⑦，惹相思，春根酒畔⑧。又争知、吟骨萦消⑨，渐把旧衫重剪⑩。凄断⑪。流红千浪⑫，缺月孤楼⑬，总难留燕。歌尘凝扇。待凭信⑭，拚分钿⑮。试挑灯欲写，还依不忍，笺幅偷和泪卷⑯。寄残云剩雨蓬莱⑰，也应梦见。

注释

①这首词写对往日情人的痛苦思念。长久的苦思冥想，使主人公身体消瘦了，甚至衣衫需要重新剪裁；心情极度痛苦的时候，他一度下狠心与对方决绝，但终究不忍，可怜巴巴地寄希望于梦中相见。睹物思人，曲折层深。低回缠绵，凄婉欲绝。②晴丝：晴空游丝。绪：心中愁绪。③沧：通「苍」，翠绿色。④人：指情人。⑤吴：今苏州市。苑：园林。⑥旗亭：酒楼。烟冷：指寒食节禁火。⑦盼：顾盼，留恋的眼神。⑧春根：春末。畔（pàn）：旁边。⑨争：怎。吟骨：吟咏之身。萦（yíng）：牵挂，挂念。消：消瘦。⑩渐：正。⑪凄：凄凉，忧伤。断：极。⑫红：指落花。⑬缺月：指月牙。⑭凭信：寄信。⑮拚（pàn）分钿（diàn）：舍弃定情信物以表示断绝关系。拚，舍弃。钿，这里指钿盒，即用金银等镶嵌的首饰盒子。分钿：分成两半的钿盒，指当初与情人定情的信物，各执一半。白居易《长恨歌》：「钗留一股合（盒）一扇，钗擘黄金合分钿。」⑯笺幅：信纸。⑰残云剩雨：

喻残存的旧日恩情。旧时常用『云雨』比喻男女欢合。蓬莱：古代神话传说中的东海仙山之一。这里借指情人现在的住处。

译文

晴空的游丝牵动着我的愁绪，纷乱如麻。面对着清江和落日，我为花的飘落和情人的远离而忧伤。垂杨树荫浓密，使吴苑一片暗绿。正逢寒食节，酒楼火熄灶冷，而河桥上却春风和煦。当年就是在这里，她兰蕙般的温馨情意和美丽动人的顾盼，深深打动了我的心，惹得我后来一直思念着她，特别是在这暮春时节独自饮酒的时候。她哪里知道，我这经常吟咏诗词的身骨，因为挂念她而日益消瘦，现正把已显得宽大的旧衣衫重新剪裁。

我真是悲伤到了极点。落花随着重重波浪向远方流去，我独倚孤楼，一钩弯月挂在楼头。这凄凉的情景，使一双燕子也终于不肯留下。当年她歌舞用的扇子，还留在这里，上面凝聚了厚厚的灰尘。久久的思念，使我万分痛苦，我甚至想给她写封信，舍弃那定情的半边钿盒，彻底断绝这份情缘。可是，当我挑亮油灯正想开始写的时候，却又心怀依恋之情，不忍下笔，终于悄悄地和着泪水把信纸卷了起来。我想，如果把我们往日的恩情写一写，寄往她住的蓬莱仙境，也许能打动她的心，使她出现在我的梦中。

鹧鸪天·化度寺作①

池上红衣伴倚阑，栖鸦常带夕阳还。殷云度雨疏桐落，明月生凉宝扇闲。乡梦窄，水天宽，小窗愁黛澹秋山。吴鸿好为传归信，杨柳阊门屋数间②。

注释

①化度寺：寺庙，在杭州西面，原名水云寺。②阊门：苏州古城西门。

译文

池塘里的荷花陪伴我倚靠着栏杆，眼前不时见到栖息的乌鸦带着夕阳余晖回来。浓云带来落雨，稀疏的梧桐枝上又再飘飞落叶，明月生出寒凉之意，扇子已经用不着了。思乡的梦是如此短暂，水天却又如此空阔，小窗外淡淡的秋天的山景好似她的愁眉一般。吴地的鸿雁啊，为我传递回去的消息给她吧，就在那阊门附近，杨柳掩映下的几间房屋啊。

夜游宫

人去西楼雁杳，叙别梦，扬州一觉①。云淡星疏楚山晓，听啼乌，立河桥，话未了。雨外蛩声早，细织就霜丝多少②？说与萧娘未知道③，向长安，对秋灯，几人老④？

注释

①扬州一觉：杜牧《遣怀》诗：『十年一觉扬州梦，赢得青楼薄幸名。』此处只用其字面。②霜丝：指白发。③萧娘：所爱女子之泛称。见周邦彦《夜游宫》注。④几人老：『人几老』的倒装。

译文

人去后西楼空空，鸿雁远翔也没有了踪影。畅叙别情的情景进入虚幻的梦境，我和你站立在河桥上，倾诉着离别后的相思深情。我们的悄悄话还没有说完，却被乌啼声把我惊醒。只见外面云淡星稀，天

色刚刚拂晓，楚山也迷蒙不清。

窗外的秋雨潇潇不停，夹杂着蟋蟀的哀鸣，仿佛是织布机梭来往穿行，织出我满头白发如同繁星。这种凄苦的境况，即使告诉我的情人，恐怕她也难以体会我现在的心情。我凝神遥望京师，独对着一盏萤豆青灯，怎能不百愁俱生，那丝丝白发，怎能不再添上几茎？

贺新郎·陪履斋先生沧浪看梅①

乔木生云气，访中兴、英雄陈迹②，暗追前事。战舰东风悭借便③，梦断神州故里④。旋小筑、吴宫闲地。华表月明归夜鹤⑤，叹当时、花竹今如此。枝上露，溅清泪。

遨头小簇行春队⑥，步苍苔、寻幽别墅，问梅开未？重唱梅边新度曲，催发寒梢冻蕊。此心与东君同意⑦。后不如今今非昔，两无言、相对沧浪水⑧。怀此恨，寄残醉。

注释 ①这首词由『沧浪看梅』而发，追怀南宋初抗金名将韩世忠的英雄业绩和悲剧。感慨南宋后期国势日衰，每况愈下，今不如昔，心中充满了怨恨。寄情于英雄怀抱，东君心愿，构思新奇，义正神远。履斋先生：吴潜，字毅夫，号履斋，时任平江府（治所在今苏州市）知府，作者是他的幕僚。吴潜后官至宰相，遭奸臣诬害，被贬而死。沧浪：沧浪亭，苏州园林之一，曾为韩世忠别墅。②中兴：本谓国势中衰而复兴，这里指北宋灭亡、南宋建立，是词人对本朝的虚誉。英雄：指韩世忠。③战舰：指韩世忠指挥的南宋水军。建炎三年（1129）

冬，金将兀术率军渡江，欲灭南宋。次年，韩世忠率水军八千在镇江、南京一带截其归路，相持于黄天荡（在南京附近），大破金军。后兀术开渠出江，反处上流，用火箭焚宋舰，才得逃去。东风悭（qiān）借便：用东汉末赤壁之战的典故。赤壁之战中，吴军借助东风用火攻大败曹军。这里反用其意。谓黄天荡之战，东风不助宋军，未获全胜，让金兵逃走。悭，吝啬。④神州：古时中国的别称。故里：故乡。韩世忠故乡在绥德（今属陕西省）。⑤『华表』句：参阅张元干《兰陵王》注。这里借喻韩世忠魂归沧浪故居。⑥遨头：宋时知府、知州率随从出游，被称为『遨头』。此指吴潜。簇（cù）：簇拥。行春：游春。⑦东君：指春神，兼指吴潜。⑧两：指吴潜和自己。

译文 这里，高大的树木上，云气横生，颇显出英雄气概。寻访中兴英雄的遗迹，我暗自追忆往事。当时东风太吝啬了，不肯借给大宋战舰方便，使中原未能光复，英雄只能梦中回归中原故乡。朝廷妥协议和，英雄无用武之地，不久来到这吴国故都清闲之处，筑就简易别墅。月明之夜，英雄的灵魂想必会像化鹤归来立在华表上的丁令威一样，感叹故居的花草竹木和当时一样，而国势却大不如前了。梅枝上的露珠，仿佛是英雄溅上的泪水。

知府身后簇拥着短短的游春行列，踏着青苔小路，寻访清幽的英雄别墅，问梅花开了没有？我在梅树边一再吟唱新作的曲词，想催促那寒枝上的花蕾快快开放，希望朝廷能尽快发愤图强；我这番用意，

和春神、和履斋先生完全一样。可叹今天的光景不如往昔，今后的光景恐怕还不如今日。我们俩在沧浪水边，相对默默无语，只好怀着这满腔憾恨，寄托给手中的剩酒残杯。

唐多令

何处合成愁？离人心上秋。纵芭蕉、不雨也飕飕①。都道晚凉天气好，有明月、怕登楼。年事梦中休，花空烟水流②。燕辞归、客尚淹留③。垂柳不萦裙带住，漫长是、系行舟。

注释 ①飕飕：风雨声，这里是指风吹蕉叶之声。②年事：年华、岁月。③燕辞归、客尚淹留：语出曹丕《燕歌行》，有『群燕辞归鹄南翔，念君客游多思肠，慊慊思归恋故乡，君何淹留寄他方』句。

译文 哪里能够合成一个『愁』字呢？原来只要离人的心上再加个『秋』。芭蕉叶即便不遭雨打，仍然沙沙作响。都说晚秋时节天气凉爽，非常舒适，但我却因为怕见明月而不敢登楼。年华就这样在梦中逝去，繁花已落尽，烟水空自流。燕子已经告别人归去了啊，但我这类旅客却仍然滞留他乡。垂柳不肯牵扯住她的裙带，请她留下，却偏要牢牢拴住我归去的小舟。

黄孝迈

黄孝迈，字德夫，号雪舟。生平不详。有《雪舟长短句》。

湘春夜月①

近清明，翠禽枝上消魂。可惜一片清歌，都付与黄昏。欲共柳花低诉，怕柳花轻薄，不解伤春。念楚乡旅宿，柔情别绪，谁与温存？空尊夜泣，青山不语，残照当门。翠玉楼前，惟是有、一陂湘水，摇荡湘云。天长梦短，问甚时、重见桃根②？者次第③，算人间没个并刀，剪断心上愁痕。

注释 ①湘春夜月：词牌名。黄孝迈自度曲。双调一百零二字。②桃根：王献之爱妾名，桃叶之妹。此处代指情人。③者次第：这情形。者，通『这』。

译文 接近清明，枝上翠羽小鸟也黯然销魂。可怜它们婉转如歌唱般的鸣叫，全都交付给了黄昏。我待要低声向柳絮倾诉，又怕柳絮轻薄，不理解伤春的心情。想起自己寄居于楚地的旅馆当中，那一份柔情和别绪，又能去和谁人温存呢？空空的酒杯在夜晚流泪，青山则沉默无语，残月守护着大门。翠玉楼前，只有那一池湘水，水波荡漾，反映着天上的湘云。天空是如此辽阔，梦境却如此短暂，不知道什么时候才能再见到心上的爱人啊。面对这种种情景，细想来人间并没有什么并州剪刀，可以剪断心上的愁绪。

潘希白

潘希白，生卒年不详，字怀古，号渔庄，永嘉（今属浙江）人。理宗宝祐元年（1253）进士，干办临安府节制司公事。

大有·九日①

戏马台前②，采花篱下③，问岁华、还是重九。恰归来，南山翠色依旧。帘栊昨夜听风雨④，都不似登临时候⑤。一片宋玉情怀⑥，十分卫郎清瘦⑦。

红萸佩⑧，空对酒。砧杵动微寒⑨，暗欺罗袖。秋已无多，早是败荷衰柳。强整帽沿欹侧⑩，曾经向天涯搔首⑪。几回忆、故国莼鲈⑫，霜前雁后。

注释

①这首词抒写重阳节悲秋思乡之情，其中寄寓着对国家命运的深沉的忧虑。意境清旷，文笔疏放。写景用典，多寓深意。九日：即阴历九月九日，重阳节。②戏马台：参阅黄庭坚《定风波》注。③采花篱下：此句与『南山翠色依旧』，化用陶渊明《饮酒》诗『采菊东篱下，悠然见南山』句意。④栊：窗格子。指窗。⑤登临：登高临远。古时过重阳节，有登高的习俗。⑥宋玉情怀：指他在《九辩》中抒发的悲秋情怀。宋玉悲秋的实质是感叹个人政治上的不得志和国家的腐败衰弱。宋玉，战国时代楚国著名辞赋家，略晚于屈原。⑦卫郎：指西晋的卫玠。⑧萸（yú）：茱萸，植物名，有浓烈香味。古时风俗，重阳节佩戴茱萸，以为可以祛灾避邪。⑨砧杵（zhēn chǔ）：捣衣用具。砧是捣衣石，杵是棒槌。捣衣：是旧时洗浆衣服、衣料的一种工艺。捣制寒衣，多在中秋以后。⑩欹（qī）：倾斜。此句暗用东晋孟嘉落帽的典故。⑪搔首：挠头，心情焦急烦乱时的动作。⑫故国：故乡。莼（chún）鲈：莼羹、鲈鱼脍，借指故乡的风味食品，用西晋张翰思乡的典故。

译文

宋武帝登临的戏马台前，陶渊明赏菊的东篱之下，问起如今什么时令，又已到了重阳佳节。我恰好此时归来，只见南山仍然如前一般苍翠。昨夜在帘栊内倾听风雨之声，都不如今天登临时所见景致。我不禁似宋玉一般满腔悲愁情怀，又像卫玠一般十分清瘦。

佩着红色的茱萸子，空自对酒哀伤。远处砧杵声似乎带来了些微寒意，暗中欺负我罗衫单薄。秋天也已经不多了呀，满目早就都是凋残的荷叶和衰败的柳树。我勉强整一整被风吹歪的帽子，我也曾经无奈地向着天涯而搔着白发。多少次曾在落霜以前，雁归之后，想起那故乡的莼菜和鲈脍啊！

黄公绍

黄公绍，生卒年不详，字直翁，邵武（今属福建）人，咸淳元年（1265）进士。隐居樵溪，有《在轩集》。

青玉案①

年年社日停针线②，怎忍见、双飞燕。今日江城春已半，一身犹在，乱山深处，寂寞溪桥畔。

春衫著破谁针线，点点行行泪痕满。落日解鞍芳草岸，花无人戴，酒无人劝，醉也无人管。

注释

①唐圭璋先生考证此词应为无名氏所作，因《在轩词》中不见，而秦刻本《阳春白雪》《翰墨大全》《花草粹编》均不题作者，唯《词林万选》《历代诗余》记为黄公绍作。②社日停针线：《墨庄漫录》说：『唐、宋社日妇人不用针线，谓之忌作。』张籍《吴楚词》有『今朝社日停针线，起向朱樱树下行』句。

译文

每年到了春社日，她都会停下针线，孤单一人怎忍心看到燕子双飞呢？如今江城的春天已过了一半，而我此身却在昏乱的山深之处，在寂寞的溪桥之畔。

我的春衫已经穿破了，有谁来帮忙缝补呢？一点点，一行行，衣衫已被泪痕沾满。落日下，我在芳草岸边解下马鞍来暂且休憩，没有人可以戴花，没有人向我劝酒，就算醉了，也根本没有人来管我。

朱嗣发

朱嗣发（1234—1304），字士荣，号雪崖，乌程（今浙江湖州）人。宋亡前，居家奉亲。宋亡不仕。

摸鱼儿

对西风、鬓摇烟碧，参差前事流水。紫丝罗带鸳鸯结①，的的镜盟钗誓②。浑不记，漫手织回文③，几度欲心碎。安花著叶，奈雨覆云翻，情宽分窄，石上玉簪脆④。朱楼外，愁压空云欲坠，月痕犹照无寐。阴晴也只随天意，枉了玉消香碎。君且醉，君不见长门青草春风泪⑤。一时左计，悔不早荆钗⑥，暮天修竹⑦，头白倚寒翠。

注释

①鸳鸯结：即同心结，古代用罗带编织成菱形连环回文结，表示恩爱。②的的：明白，清清楚楚。镜盟：用乐昌公主事。孟棨《本事诗·情感》载，南朝陈太子舍人徐德言娶陈后主妹乐昌公主为妻。陈衰，德言谓妻曰：『君之才容，国亡必入权豪之家。』便破镜各执其半，相约在他年正月十五卖于都市以通讯息。陈国灭亡，公主被杨素所得。徐德言依期至京，在市上见有老仆卖半镜，正是乐昌公主之物，便拿出自己的半镜与之相合，并题《破镜诗》一首。公主见诗，悲泣不食。杨素知此事，招来徐德言，还其妻室，使破镜重圆。钗誓：陈鸿《长恨歌传》载，唐玄宗与杨贵妃定情之夕，赠金钗钿合为信物，愿世世为夫妻。③回文：用苏惠织锦回文诗事，见柳永《曲玉管》注。④石上句：白居易《井底引银瓶》诗：『井底引银瓶，银瓶欲上丝绳绝。石上磨玉簪，玉簪欲成中央折。瓶沉簪折知奈何？似妾今朝与君别。』⑤长门：即长门宫。汉武

帝陈皇后失宠后所居之冷宫。⑥荆钗：以荆木枝为头钗，指贫寡妇人之装饰。⑦暮天修竹：杜甫《佳人》诗：「天寒翠袖薄，日暮倚修竹。」

我的鬓发被西风吹拂得如同青烟一般飘零，纷繁的往事浑如流水。紫色的丝罗带上还打着鸳鸯结，破镜之盟、分钗之誓仍然清清楚楚。然而你却完全不记得我织回文锦以寄相思意，多少次使我心痛欲碎啊！想要把已飘零的花朵重新安放回花蒂上去，奈何翻云覆雨之间，情虽深，缘却浅，你我之间的情爱就如同玉簪摔在石头上似的粉碎了。　红楼外面，愁绪把空中云彩都压得沉沉欲坠，月光映照着我，使我难以入眠。阴晴聚散，都只能随着上天的意愿啊，我即便容颜瘦损，甚至香消玉殒，又能起什么作用呢？姑且醉去吧，难道看不见那长门宫中的青草，犹自面对着春风而落泪吗？都怪我一时失算，后悔不早早戴上荆钗去过贫贱生活啊，如今却只能在暮色中独倚修竹，直到白发苍苍的暮年。

李彭老

李彭老，字商隐，号筼房，生卒年不详，祖籍德清（今属浙江）。其弟李莱老（字周隐），与其同负盛名，二人并称『龟溪二隐』。其常与吴文英、周密作词酬唱。宋亡后，曾活跃于《乐府补题》的咏物聚会。其词风沉郁，充满感慨，被周密赞为『笔妙一世』。有与其弟的合著《龟溪二隐词》遗世。

浣溪沙·题草窗词

玉雪庭心夜色空，移花小槛斗春红，轻衫短帽醉歌重。　彩扇旧题烟雨外，玉箫新谱燕莺中，阑干到处是春风。

洁白的雪花落满庭院，草窗立于中庭，四周犹如琼妆玉砌，一片空明，几乎没有了夜色。草窗种植在花圃中的小花竞相开放，争奇斗艳。他穿着薄衫，戴着小帽，与友人喝酒吟诗，乐此不疲，兴致高浓。草窗为彩扇题诗，上面的墨迹与空中如烟的秋雨相映成趣。他精通音乐，每创新词，就付诸管弦，极为动听。草窗所到之处，无不使人感到如沐春风。

陈人杰

陈人杰（1218—1243），一名经国，字刚父，号龟峰，长乐（今福建福州）人。才思敏捷，胸怀天下，词作近于辛弃疾，气势恢宏，豪放不羁，内容多为悲国之叹。今有《龟峰词》一卷遗世。

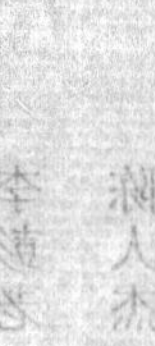

沁园春·丁酉岁感事

谁使神州，百年陆沉①，青毡未还②？帐晨星残月，北州豪杰；西风斜日，东帝江山。刘表坐谈，深源轻进，机会失之弹指间。伤心事，是年年冰合，在在风寒。

说和说战都难，算未必江沱堪宴安。叹封侯心在③，鳣鲸失水④；平戎策就，虎豹当关。渠自无谋，事犹可做，更剔残灯抽剑看。麒麟阁，岂中兴人物，不画儒冠？

注释

①陆沉：此指国土沦丧。②青毡：此指中原故土。③封侯：原意是封侯拜相，谋求功名，而诗词中常用其代指在军队中建功立业。④鳣鲸：指大鱼，此鱼出于水则易遭蝼蚁欺。见贾谊《吊屈原赋》：『彼寻常之汙渎兮，岂能容吞舟之鱼？横江湖之鳣鲸兮，固将制于蝼蚁。』

译文

是谁让中原大好国土被蒙军占领，久久无法恢复。感叹当今中原豪杰寥若晨星，仿佛残月所存无几。南宋的半壁江山如同落日，难以久长。朝廷中有些人光会像刘表和深源那样，要么空谈，要么鲁莽行事，转瞬间就错失了战胜敌人的大好时机。伤心时世，年年遭冰封雪压，处处有疾风狂卷。

和不能安，战不能胜，举步维艰；偏隅江南未必能长久享乐，永远平安。感叹我空有建功立业的壮志，却像大鱼失水，身处困境；想上书陈述恢复大计，无奈佞臣当道。虽然当权者无才救国，但国事还可挽救，所以自己深夜里挑亮残灯，观看宝剑。在画有功臣和中兴人物的麒麟阁上，难道就没有文人儒冠吗？

沁园春

诗不穷人，人道得诗，胜如得官。有山川草木，纵横纸上；虫鱼鸟兽，飞动毫端。水到渠成，风来帆速，廿四中书考不难①。惟诗也，是乾坤清气，造物须悭。

金张许史浑闲，未必有功名久后看。算南朝将相，到今几姓；西湖名胜，只说孤山。象笏堆床②，蝉冠满座③，无此新诗传世间。杜陵老，向年时也自，井冻衣寒。

注释

①考：此指每年对官员的政绩考核。②笏：古代大臣上朝时手上所执之物，常用玉、象牙或竹片等制成，可用于记事。③蝉冠：汉代时，皇帝的侍从官员所戴之冠均有貂尾蝉纹为饰，随后蝉冠便成为身份显贵的象征。

译文

诗并不会使人变穷，人们常说如果得到优美的诗句，胜过得到一个好官职。诗人能把山川草木栩栩如生地展现在纸上；还可以让虫鱼鸟兽游弋在自己的笔端。水流到的地方自然会形成水渠，风一吹过，帆船就会加速，当廿四年宰相倒也不难。只是诗歌是天地间清高之气的集中表现，因此，造物主总是吝于给予。

金、张、许、史那些高官贵戚也都很平凡，他们并没有经得起时间考验的功名。算一算在南朝显赫一时

的将相，如今人们还记得几个？西湖的名胜很多，但人们都记得林逋隐居的孤山。就算贵族之家让自己的子弟占据高官要职，拥有无数财富，他们也不会有诗句流传人间。唐代伟大的诗人杜甫老年时一贫如洗，晨炊无米，难御夜寒。

王沂孙

王沂孙（约1230—1291），字圣与，号碧山，又号中仙，因家居玉笥山，遂又号玉笥山人，祖籍会稽（今浙江绍兴）。工文辞。好交游。宋亡时，王沂孙曾与唐珏、周密等结社赋词，以抒亡国之悲。元世祖至元年间，王沂孙迫于无奈一度出为庆元路学正，但不久即辞官。晚年常交游于杭州、绍兴间。其辞章法缜密，颇具个性。今存有词作六十余首，辑为《碧山乐府》集，或称《花外集》。

天香·龙涎香①

孤峤蟠烟②，层涛蜕月③，骊宫夜采铅水④。汛远槎风⑤，梦深薇露⑥，化作断魂心字⑦。红瓷候火⑧，还乍识、冰环玉指⑨。一缕萦帘翠影，依稀海天云气。

几回殢娇半醉，剪春灯、夜寒花碎。更好故溪飞雪，小窗深闭。荀令如今顿老⑩，总忘却、樽前旧风味。谩惜余熏，空篝素被⑪。

注释

①龙涎香：抹香鲸大肠末端或直肠始端类似结石的病态分泌物，呈不透明的蜡状胶块。色黑褐如琥珀，有时有五彩斑纹，质脆而轻，焚之有持久香气，为珍贵香料。②孤峤蟠烟：典出《岭南杂记》，载：『龙涎于香品中最贵重，出大食国西海之中，上有云气罩护，下有龙蟠洋中大石，卧而吐涎，飘浮水面，为太阳所烁，凝结而坚，轻若浮石，用以和众香，焚之，能聚香烟，缕缕不散。』孤峤即所谓『洋中大石』，蟠烟即龙上罩护的云气。③层涛蜕月：指月光映于层层波浪，波光似从鳞甲中蜕出。④骊宫：即龙宫，古称黑龙为骊龙，故有『探骊得珠』的成语。⑤铅水：指骊龙的涎水。⑥汛远槎风：槎即木筏，此指木筏随风力、顺潮汛而去。⑦薇露：薇露即蔷薇水，龙涎香必须要用蔷薇水来调制。⑧心字：即心字香，杨慎《词品》中说：『所谓心字香者，以香末萦篆成心字也。』⑨红瓷候火：《香谱》中说龙涎香研制时要『慢火焙，稍干带润，入瓷盒窨』。⑩冰环玉指：指龙涎香制成后的形状，有的像白玉环，有的像纤纤玉指。⑪荀令：指东汉末年的荀彧，曾做过尚书令，故名。传说他喜爱焚香，习凿齿《襄阳记》中载：『荀令君至人家坐幕，三日香气不歇。』李商隐《牡丹》有『石家蜡烛何曾剪，荀令香炉可待熏』句。⑫篝：指熏香所用的熏笼，这里作动词用。

译文

海中孤立的礁石上有蟠龙的烟雾缭绕，层层波涛如同鳞甲蜕褪着月光，深夜中从龙宫里采集了铅水般的龙涎。于是龙涎就顺风顺潮乘船远行，梦境深处见到了蔷薇甘露，就此化成令人销魂的心字奇香。

把它置入朱红色的瓷瓶中，小心照看火候，骤然烘焙出如玉环似纤指的形状。点燃后，一缕翠绿色的香烟腾起，围绕着帘幕，仿佛是那大海上蒸腾的云气一般。

多少次啊，它陪伴着美人仪态慵懒，饮酒半醉，在寒冷的春夜里把灯花剪碎。最好是在故乡的溪边，逢上落雪天气，紧闭窗棂来焚香。可惜素以爱香闻名的荀令君突然间便老去了，总会遗忘往日在酒宴前焚香的习惯。只是无益地珍惜残存的篝熏，在空熏笼上覆盖上一条白被。

眉妩·新月①

渐新痕悬柳②，淡彩穿花，依约破初暝③。便有团圆意，深深拜④，相逢谁在香径？画眉未稳⑤，料素娥⑥、犹带离恨。最堪爱、一曲银钩小⑦，宝奁挂秋冷。

千古盈亏休问，叹慢磨玉斧⑧，难补金镜⑨。太液池犹在⑩，凄凉处、何人重赋清景？故山夜永⑪，试待他窥户端正⑫。看云外山河⑬，还老桂花旧影。

注释

①眉妩：词牌名。又名百宜娇。双调一百零三字。②新痕：形容新月。③初暝：夜幕刚刚降临。④深深拜：古代妇女有拜新月之风俗，以祈求团圆。⑤未稳：未完，未妥。⑥素娥：即嫦娥。⑦银钩：银色之帘钩，形容新月。⑧慢：同『漫』，徒然、枉然之意。玉斧：段成式《酉阳杂俎·天咫》：『太和中郑仁本表弟，不记姓名……方眠熟。即呼之……问其所自。其人笑曰：「君知月乃七宝合成乎？月势如丸，其影日烁其凸处也。常用八万二千户修之，予即一数。」因开襆，有斤凿数事。』斤即斧也。又有吴刚被罚砍桂树的传说。此处合二典而用之。⑨金镜：托喻月亮。⑩太液池：汉唐时宫中的池沼。宋初宰相卢多逊有《咏月》诗：『太液池头月上时，晚风吹动百年枝。何人玉匣开金镜，露出清光些子儿。』⑪故山：此处指故国山河，也含有故乡意。夜永：夜长。永，水流漫长貌。⑫端正：形容月圆无缺。⑬云外山河：指月中阴影。《酉阳杂俎》：『佛氏谓月中所有，乃大地山河影。』

译文

一痕新月渐渐爬上柳梢，淡淡的月光穿过斑驳陆离的树影，给刚刚黑暗的夜幕送来一些光明。新月已经出现升起，便已含有渐渐团圆的意态，人们都虔诚地向她拜礼揖敬，祝愿能与心上人相逢在那花香弥漫的小径。新月宛如没有画好的眉痕，一定是嫦娥还带着离恨别情。最令人喜爱的是，寥廓明净的天穹上，那一弯新月恰似宝帘上的帘钩，非常小巧玲珑。

月亮圆亏缺盈，千古以来就是如此，不必仔细询问究竟。我叹息吴刚陡然磨快玉斧，也难补全刚缺的金镜。太液池苑依然存在，只是一片萧条冷清，更会有何人来吟咏新月的美景？故乡的深夜漫长悠永，我期待月亮快些圆满澄明，端端正正地照耀我的门庭。可惜月影中的山河无限，我却徒自老去。只能在月影中看到故国山河的象征。

齐天乐·蝉

一襟余恨宫魂断①，年年翠阴庭树。乍咽凉柯，还移暗叶，重把离愁深诉。西窗过雨，怪瑶佩流空，玉筝调柱②。镜暗妆残③，为谁娇鬓尚如许④？　铜仙铅泪似洗⑤，叹移盘去远，难贮零露。病翼惊秋，枯形阅世⑥，消得斜阳几度？余音更苦，甚独抱清商，顿成凄楚。漫想薰风⑦，柳丝千万缕。

注释

①宫魂断：马缟《中华古今注》："昔齐后忿而死，尸变为蝉，登庭树嘒唳而鸣。王悔恨。故世名蝉为齐女焉。"此处因称蝉为宫魂。②瑶佩二句：比喻蝉声如佩玉响声和弹筝之声。③镜暗妆残：不梳洗打扮。④娇鬓：借喻蝉翼娇美。崔豹《古今注》载魏文帝宫人莫琼树"制蝉鬓，缥缈如蝉"。⑤铜仙铅泪：李贺《金铜仙人辞汉歌》序谓，魏明帝时派人拆迁汉武帝时所制捧露盘仙人，临行时金铜仙人潸然泪下。传说蝉餐风饮露，而承露仙人已走，蝉将无以为饮。⑥枯形：枯槁的形骸。⑦薰风：南风。古《南风歌》："南风之薰兮。"苏轼《阮郎归》词："绿槐高树咽新蝉，薰风初入弦。"

译文

宫人愤然魂断伤心，满腔的余恨实在没有消遣之处。于是化作哀苦的鸣蝉，年年栖息在布满绿荫的庭树。她刚刚在乍凉的秋枝上幽幽咽咽，一会儿又移到了密叶深处，再把那离愁别恨向人们倾诉。西窗外过去一阵疏雨，我很奇怪，为何你的叫声不再凄苦，反而如玉佩在空中流响，又像佳人在深情抚弄着筝柱。明镜已变得暗淡无光，你也无心打扮装束，而今又是为了谁，鬓发尚娇美如许？　金铜仙人已经去国辞乡，流下的铅泪如洗，可叹她携着金盘远行，再也不能为你贮存清露。你那病弱的双翼害怕秋天，枯槁的形骸阅尽了人间荣枯，还能经受得几次黄昏日暮？凄咽的残鸣尤为凄楚，为何独自把哀怨的曲调反复悲吟，一时间变得如此清苦。你徒自追忆那逝去的春风，吹拂着柔弱的嫩柳千丝万缕。

长亭怨慢·重过中庵故园①

泛孤艇、东皋过遍。尚记当日，绿阴门掩。屐齿莓阶，酒痕罗袖事何限。欲寻前迹，空惆怅、成秋苑②。自约赏花人，别后总、风流云散。　水远，怎知流水外，却是乱山尤远。天涯梦短，想忘了、绮疏雕槛。望不尽、冉冉斜阳，抚乔木、年华将晚。但数点红英，犹识西园凄婉。

注释

①中庵：或谓是指刘敏中，字中庵，或谓是指他人，总之应是王沂孙的友人。②成秋苑：语出李贺《河南府试十二月乐词》，有"曲水飘香去不归，梨花落尽成秋苑"句。

译文

乘坐着孤独的小艇，把东岸全都驶遍了。还记得当年园内绿树成荫，园门关闭。我们在园内游赏，长满莓苔的台阶上留下过木屐的齿印，罗袖上还沾染过饮酒的痕迹，多少往事啊。想要寻找从前的陈迹，却空自惆怅，只见秋天到来，园林已然零落了。当年邀请我来赏花的友人，分别以后全都如风流逝，如云飘散了。

水流向远方，但谁知道在水流之外，还有繁乱的山丘更其遥远。天涯飘零的梦境多么短暂啊，想来已经忘却了这里精美华丽的雕栏吧。望不尽啊，那冉冉落下的斜阳，我抚摩着大树，感叹年华将晚。只有几点落花，还能领会到西园凄婉的风味。

水龙吟·落叶

晓霜初著青林，望中故国凄凉早。萧萧渐积，纷纷犹坠，门荒径悄。渭水风生，洞庭波起，几番秋杪①。想重崖半没②，千峰尽出，山中路，无人到。　前度题红杳杳，溯宫沟、暗流空绕。啼螀未歇③，飞鸿欲过，此时怀抱。乱影翻窗，碎声敲砌，愁人多少！望吾庐甚处？只应今夜，满庭谁扫？

注释　①秋杪：晚秋。②重崖：山崖边。③螀：又名寒螀，古书上说的一种蝉。

译文　绿色的树林才染上秋霜，一眼望去，故国却过早地显现出凄凉。落叶萧萧而下，在地上越积越厚，可落叶仍在不断纷飞。院门荒凉，小径幽寂。秋风吹过渭水，洞庭湖也起了波浪，秋意越来越浓。想那山崖下尽是飘落的黄叶，而千峰裸露，无一遮挡，山路寂静无人，显得格外空荡。　宫女题红之事已不再见，想必宫中之水空绕暗流，很是寂寞。寒蝉低叫，飞鸿南飞，摧人心伤。眼前落叶影乱，敲打窗户，发出清脆之声，后又落到台阶上，有多少人在悲伤。遥望我的归宿在哪里？也不知道像今天这样满庭的落叶由谁来打扫？

高阳台·和周草窗寄越中诸友韵

残雪庭阴，轻寒帘影，霏霏玉管春葭①。小贴金泥②，不知春在谁家。相思一夜窗前梦，奈个人、水隔天遮。但凄然，满树幽香，满地横斜。　江南自是离愁苦，况游骢古道，归雁平沙。怎得银笺，殷勤说与年华。如今处处生芳草，纵凭高、不见天涯。更消他，几度春风，几度飞花。

注释　①春葭：春天初生的芦苇。古人为了计算时节，将芦苇烧成灰，放在玉管内，到了某一节气，相应玉管内的灰就会自行飞出。②小贴金泥：古时习俗，在立春日贴泥金纸的帖子，上书『宜春』或诗句。

译文　庭院背阴处还留有残雪，轻微的寒气晃动帘影，律管中葭灰霏霏，节令已到立春。『宜春』的泥金纸帖已经贴出，却不知春天落到谁家门庭？相思深情使我进入梦境，无奈那人仍水隔天遮去无影。梦醒时倍感凄凉，眼前是满树梅花幽香四溢，满地梅枝横斜摇曳疏影。　江南三月本来是离愁已苦，更何况孤身纵马在北方古道，怅然遥望平沙上北归的雁群。多想找到一张洁白信笺，殷勤地诉说那些苦苦相思的晨昏。如今春回大地，处处芳草，纵能凭高望远，也不见天涯故人。你我都已老迈，还能消得几回无情的东风肆虐，几回伤心的落花飘零。

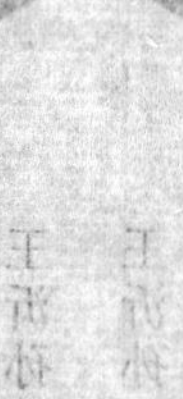
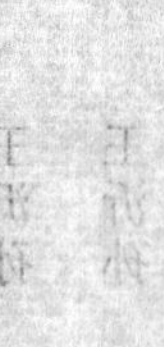

刘辰翁

刘辰翁（1230—1297），字会孟，号须溪，吉州庐陵（今江西吉安）人。少登陆九渊门，补太学生。景定二年（1262）廷试对策忤贾似道，置丙第。入元不仕。词近稼轩。有《须溪集》《须溪词》。

兰陵王·丙子送春

送春去，春去人间无路。秋千外，芳草连天，谁遣风沙暗南浦。依依甚意绪？漫忆海门飞絮①。乱鸦过，斗转城荒，不见来时试灯处。

春去谁最苦？但箭雁沉边②，梁燕无主，杜鹃声里长门暮③。想玉树凋土，泪盘如露④。咸阳送客屡回顾，斜日未能度。

春去尚来否？正江令恨别，庾信愁赋，苏堤尽日风和雨。叹神游故国，花记前度。人生流落，顾孺子⑤，共夜语。

注释

①海门飞絮：海边飞絮。指南宋幼帝南下从海上逃亡。②箭雁：被箭射中受伤的雁。借指被俘虏的南宋君臣。③长门：本汉武帝时长门宫，即陈皇后遭贬后居处。这里指宋亡后临安的宫殿。④泪盘如露：汉武帝晚年为求长生，命人在长安建章宫造神明台，上有铜人手托盛露铜盘。魏明帝曹睿景初元年，将铜人从长安搬出，准备移立于洛阳宫殿前。拆卸时，据说铜人眼中流下泪来。⑤孺子：指作者的儿子刘将孙。

译文

欲送春天归去人间却没有归路。在曾荡过的秋千旁芳草连天涯，是谁扬起风沙巨浪使南浦昏暗。纵有依依离情却不知怎样诉说，徒自忆念着像飞絮一样流落的人们。乱鸦过后斗转星移帝城变荒芜，再也看不见来时试灯处的热闹。

春天已经归去属谁最痛怀感伤？只有被箭射伤的大雁落在北方，失去主人的梁间燕子忙着寻巢，杜鹃在日落的残殿里啼叫不止。那珍贵的玉树长埋在泥土之中，那承露盘中盛满了如泪的清露。离开咸阳时一次又一次回头看，那令人哀伤的黄昏又怎么度过。

春天归去是否还能够回到这里？我像江淹一样满怀离别的幽怨，像庾信一样写下了愁赋的语句，西湖苏堤日日笼罩着凄风苦雨。只能在梦境中去故国游历一番，让花朵把他以前的样子记清楚。如今流落他乡只能和小儿一起，在夜色中相互倾诉着伤国之痛。

宝鼎现①

红妆春骑②，踏月影、竿旗穿市③。望不尽楼台歌舞，习习香尘莲步底④。箫声断，约彩鸾归去⑤，未怕金吾呵醉⑥。甚辇路喧阗且止⑦，听得念奴歌起⑧。

父老犹记宣和事⑨，抱铜仙、清泪如水⑩。还转盼、沙河多丽⑪。滉漾明光连邸第⑫，帘影动，散红光成绮⑬。月浸葡萄十里。看往来神仙才子⑭，肯把菱花扑碎⑮！

肠断竹马儿童，空见说、三千乐指⑯。等多时春不归来⑰，到春时欲睡⑱。又说向灯前拥髻⑲，暗滴鲛珠坠⑳。便当日亲见《霓裳》㉑，天上人间梦里。

注释

①这首词作于元成宗大德元年（1297），即南宋亡后十八年。自题曰『丁酉元夕』。词中追叙北宋、

南宋时京城元宵节的安乐繁华景象，感慨人世沧桑巨变，表达对故国的沉痛思念。情致凄婉，意象如绘；曲折跌宕，感喟无极。②红妆：妇女的艳丽妆饰。此指艳妆的女子。春骑（jì）：指立春后经过特别装饰的马匹。③竿旗：悬在长竿上的彩旗。④习习：风轻微和煦的样子。莲步底：美女足下。⑤彩鸾：吴彩鸾，传说故事中的仙女。这里借指逛灯节的年轻女子。⑥金吾：即执金吾，官名，为负责京城治安的官员。呵醉：因醉而呵斥犯禁。⑦甚：正。辇（niǎn）路：皇帝车驾行经的大道。此泛指京城大道。喧阗（tián）：大而嘈杂的喧哗声。且：暂时。⑧念奴：唐天宝年间著名歌妓。这里借指北宋时汴京的名歌妓。⑨宣和：宋徽宗最后一个年号（1119—1125）。⑩铜仙：指汉武帝时立在建章殿前手托承露盘的铜铸仙人。清泪如水：参看前篇《兰陵王》注。李贺《金铜仙人辞汉歌》：『空将汉月出宫门，忆君清泪如铅水。』⑪还（xuán）：通『旋』，旋即，不久。沙河：即沙河塘，在当时杭州南五里，居民殷盛，歌舞不绝，极为繁华。这里借指南宋首都临安。⑫滉漾（huàng yàng）：水动荡的样子。邸（dǐ）第：达官贵人们的住宅。⑬绮（qǐ）：有花纹的彩色丝织品。⑭神仙：仙女，借指年轻美女。⑮肯：岂肯，反诘语气。菱花：指妆镜。扑：击。此句用陈末徐德言与其妻乐昌公主的典故。徐为陈太子舍人，公主是陈后主叔宝之妹。陈将亡，徐知妻子届时必为隋朝权贵所掠，于是相约破镜各执一半，希望将来能凭镜团圆，后来果如所料。⑯见说：听说。三千乐指：三千个奏乐的手指，即三百人的大乐队。

此指宋时朝廷乐队。⑰春：喻宋时繁华景象。⑱春：指现实的自然之春。⑲拥髻：以手捧持发髻，指女子忧伤的样子。此指拥髻的人，即词人家的年轻女眷。⑳鲛珠：指泪珠。古代传说，南海中有一种人鱼叫鲛人，能织龙纱，哭泣成珠。㉑《霓裳》：即《霓裳羽衣曲》，是盛唐时著名歌舞曲。此借指宋时歌舞升平景象。

译文

一群群艳妆的女子，一队队迎春装饰的马匹，踏着月光，高举彩旗，穿过繁华市区。处处是楼台歌舞，望不到边际；在微微暖风中，女郎们的脚下香尘四溢。夜深了，乐声渐渐停息，男女情人相约归去；元宵之夜免去宵禁，不怕巡街官员酒醉呵斥。皇宫前大道上，正喧哗的人群突然沉寂；只听得念奴的美妙歌声，阵阵响起。

老人们还记得宣和年间的节日盛事，可是，曾几何时，金人入侵，二帝被掳北去，如同当年金铜仙人被拥持上车，清泪涌注如泉水。然而没过多久，人们又忘了这场大悲剧，回过头来欣赏西湖河畔的无限美丽。湖边达官贵人家，府第相连；夜来灯烛辉煌，照进水里，波光闪闪。帘子掀起处，红光四射，仿佛罗绮挂中天。月亮倒映湖中，十里湖水一片碧绿，如葡萄美酒一般。看那来往湖上的对对情侣，都像喝醉了似的，谁能想到惨祸重现，肯击破宝镜别时留念！

如今，骑竹马的儿童，空自听说大宋时，有三百人同时奏乐的大乐队，无由得见，非常悲痛。等了多少年，也没有等回那美好的春天；自然之春来到时，昏昏沉沉只想睡眠。我又在灯前向女眷们讲起那悲惨的往事，她们两手捧持发髻，暗自垂泪。即便当时亲眼看见

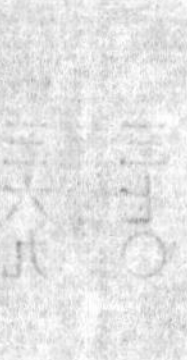

过故国的繁华景象，但已是相隔天壤；仍活在世上的我，只有在梦中依稀相望。

永遇乐

余自乙亥上元①，诵李易安《永遇乐》②，为之涕下。今三年矣，每闻此词，辄不自堪，遂依其声，又托之易安自喻。虽辞情不及，而悲苦过之。

璧月初晴，黛云远澹，春事谁主？禁苑娇寒，湖堤倦暖，前度遽如许。香尘暗陌，华灯明昼，长是懒携手去。谁知道，断烟禁夜，满城似愁风雨。

宣和旧日，临安南渡，芳景犹自如故。缃帙流离③，风鬟三五④，能赋词最苦。江南无路，鄜州今夜⑤，此苦又谁知否？空相对，残釭无寐，满村社鼓。

注释 ①乙亥上元：指宋恭帝德祐元年（1275）的元宵节。②李易安《永遇乐》：指李清照上元词『落日熔金』。③缃帙：书卷。④风鬟三五：风鬟，头发散乱貌；三五，指旧历正月十五夜。⑤鄜州今夜：语出杜甫《月夜》：『今夜部州月，闺中只独看。遥怜小儿女，未解忆长安。』

译文 天气初晴，如璧的明月升起，如黛的浮云辽远而淡薄，春天的景致，究竟由谁来做主呢？宫苑中略显寒意，湖堤上却温暖得使人倦怠，自从上次来看，时间匆促而过。芳香的尘土使道路昏暗，华美的灯光使夜晚亮如白昼，但我却总是懒得与人去携手游赏。谁又能想到如今元宵夜却断绝了烟火，实行宵禁，满城惆怅，如同风雨将临。

想那宣和年间的汴梁景致，即便等到南渡临安以后，美景依然和过往一样。但我的藏书都已散佚，今逢元夜，鬓发在风中凌乱，写下那感时伤乱的词句，最是令人愁苦。即便江南也已无路可走，今夜便如同杜甫在鄜州一般，其中苦味又有谁能够明白呢？只能空自面对着残存的蜡烛，长夜无眠，倾听那满村传来迎接春社的鼓声。

摸鱼儿·酒边留同年徐去屋①

怎知他，春归何处②？相逢且尽尊酒。少年袅袅天涯恨③，长结西湖烟柳。休回首，但细雨断桥④，憔悴人归后。东风似旧，向前度桃花，刘郎能记，花复认郎否⑤？

君且住，草草留君剪韭⑥，前宵正恁时候⑦。深杯欲共歌声滑⑧，翻湿春衫半袖。空眉皱，看白发尊前，已似人人有。临分把手，叹一笑论文⑨，清狂顾曲⑩，此会几时又？

注释 ①这首词写南宋灭亡之后，与友人在故都西湖重逢，抚今追昔，百感交集：故国沦亡的隐痛，人世巨变的沧桑之感，人老无成的幻灭感，朋友聚离难期的失落感等等，皆在其中了。苍劲狂放，内深悲苦。笔势跌宕，曲尽情愫。同年：科举制时代称同科考中的人。②春：指故国美好的春天。③少年：年轻时。袅（niǎo）袅：绵长的样子。天涯恨：远离家乡之恨。词人年轻时离家赴京城临安求学。④断桥：在杭州西湖白堤上。⑤问

前度』三句：用刘禹锡重游玄都观和刘晨重入天台山的典故，说明自己现在困顿衰老，与宋亡前游西湖时相比，已判若两人。刘禹锡重游玄都观，观里桃花已全被菜花取代，他感叹道：『种桃道士归何处，前度刘郎今又来！』（见其《再游玄都观》诗）传说东汉刘晨与阮肇入天台山采药，遇二仙女，留住半年，后返乡，子孙已历七世；再入山寻仙女，却『桃花流水依然在，不见当时劝酒人』（见晚唐诗人曹唐《刘阮再到天台不复见仙子》诗）。⑥草草：形容招待简易。剪韭：现割韭菜，表示亲切简易待客。杜甫《赠卫八处士》：『夜雨剪春韭，新炊间黄粱。』⑦前宵：昨夜。恁（nèn）：这，这个。⑧深杯：满杯。水积厚曰深。滑（gǔ）：同『汩』，大水涌流的样子。这里形容歌声豪放。⑨论文：谈论诗文，评价优劣得失。杜甫《春日忆李白》：『何时一尊酒，重与细论文。』⑩清狂：放纵不羁。顾曲：挑奏曲中的失误。《三国志·吴书·周瑜传》载：周瑜年轻时即精通音乐，听曲时有误必知，知则必顾。所以世人传言：『曲有误，周郎顾。』

译文

怎么会知道，从前那美好的春天，哪里去了？如今你我相逢，只管把杯中的美酒喝个干净。年轻时绵绵不尽的离乡恨，长久系在西湖浓密如烟的柳荫中。不要回顾往事吧。只看眼前这细雨蒙蒙的断桥上，归来的你我，是多么衰老枯黄！徐徐东风，还和过去一样。请问从前熟识的桃花，我这个刘郎还记得你，你可还认得当年的刘郎？

亲密的朋友，你且住下别走。昨夜正当这个时候，我才草草招待过你，只是割了些雨中的春韭。我们是多么激动啊，斟满酒杯，共同相祝，又舒展开豪迈的歌喉，歌声如泉水涌流；却不顾酒杯淋漓，翻湿了半边春衫袖。冷静下来时，却又空皱眉头，酒席前，你看看我，我看看你，白发仿佛都有。临别时，相互紧握双手，感叹这谈笑论文、纵情赏曲的聚会，可有重现的时候？

周密

周密（1232—1298），字公谨，号草窗，又号萧斋、弁阳啸翁、四水潜夫。安吉州乌程县（今浙江省湖州市）人。曾任婺州义乌县（今浙江省义乌市）知县。宋亡后隐逸不仕，寓居杭州。曾与王沂孙、张炎等共结词社。其词格律严谨，风格清丽，文字精美，当时有盛名，与吴文英并称『二窗』。有词集《草窗词》。

高阳台·送陈君衡被召①

照野旌旗，朝天车马，平沙万里天低。宝带金章②，尊前茸帽风敧③。秦关汴水经行地，想登临、都付新诗。纵英游，叠鼓清笳，骏马名姬。

酒酣应对燕山雪，正冰河月冻，晓陇云飞。投老残年，江南谁念方回④。东风渐绿西湖柳，雁已还、人未南归。最关情，折尽梅花，难寄相思。

注释

①陈君衡：名允增，自君衡，号西麓，四明人。宋亡后，曾应召至元大都，不仕而归。②宝带金章：

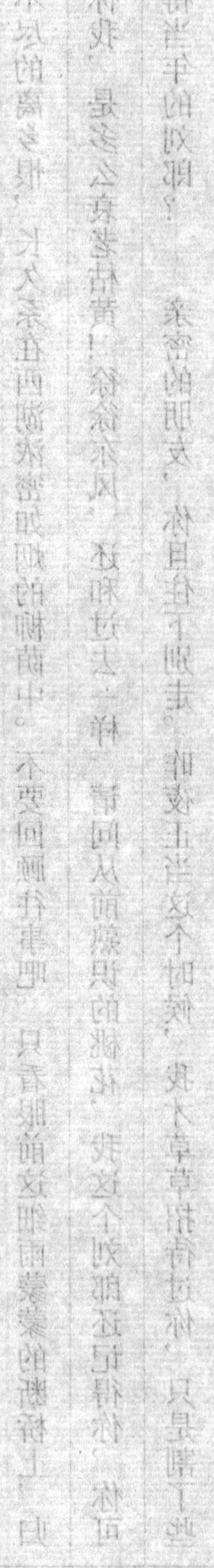

官服有宝玉饰带，金章即金印。③茸帽风敧：语出《北史·周书·独孤信传》，载：『信在秦州，尝因猎，日暮，驰马入城，其帽微侧。诘旦，而吏民有戴帽者咸慕信而侧帽焉。』别本作『茸帽风欺』。④方回：贺铸字方回，周密此处以贺铸自比。

译文

此去旌旗招展，遮蔽原野，车马喧腾，朝觐天子，万里黄沙征程，云沉天低。您将系着宝带，佩带金印，在酒席宴前貂帽因风而斜，真是春风得意啊。一路上经过秦地关隘、汴水旧城，种种景致都能吟咏新诗。正当纵情游乐之时，鼓声激荡，胡笳清越，有骏马可骑，美女可伴。　酒酣耳热之际，应该能够看到燕山的白雪了吧，此时正值大地冰封、月影冻结，晓色降临，陇上云飞。我已届暮年，去日无多，还有谁会想念我这江南的贺方回呢？东风逐渐把西湖岸边都吹绿了，大雁已经回来，人却尚未南归。我最关心的是，哪怕折尽梅花，也无法寄达相思之情啊。

瑶华①

后土之花②，天下无二本，方其初开，帅臣以金瓶飞骑，进之天上，间亦分致贵邸。余客辇下，有以一枝。

朱钿宝玦③，天上飞琼④，比人间春别。江南江北，曾未见、漫拟梨云梅雪。淮山春晚，问谁识、芳心高洁？消几番、花落花开，老了玉关豪杰⑤。　金壶剪送琼枝，看一骑红尘⑥，香度瑶阕⑦。韶华正好，应自喜、初乱长安蜂蝶。杜郎老矣⑧，想旧事花须能说。记少年一梦扬州⑨，二十四桥明月。

注释

①瑶华：词牌名。又名瑶华慢，双调一百零二字。②后土之花：周密《齐东野语》：『扬州后土祠琼花，天下无二本，绝类聚八仙，色微黄而有香……今后土之花已薪，而人间所有者，特当时接本，仿佛似之耳！』③朱钿宝玦：赤金钿花和珍贵玉玦，都是稀有宝物，比喻琼花的珍贵美丽。④飞琼：传说中女仙西王母的侍女许飞琼，此处借仙女喻琼花，为天上奇葩。⑤玉关：玉门关的简称，为汉唐时期著名边关。此处泛指边塞地区。⑥骑红尘：杜牧《过华清宫》：『一骑红尘妃子笑，无人知是荔枝来。』此处化用其意。⑦瑶阕：宫殿的美称。阕：同『阙』。⑧杜郎：唐诗人杜牧，诗中多咏扬州之繁华者，此处是诗人自指。⑨一梦扬州：杜牧《遣愁》诗：『十年一觉扬州梦，赢得青楼薄幸名。』

译文

琼花珍贵无比，仿佛朱钿和玉玦。又宛如天上的仙葩，与人间的凡花俗卉迥然有别。从江南到江北，人们从未见过第二棵。空自把她想象成云似的梨花，雪一般的寒梅花朵。淮山一带春光将尽，试问谁能理解她的高洁？用得着几次花开花落，便会空自老去那些戍守边关的精英和豪杰。　看剪下的琼枝装入金瓶，随着快马扬起的红尘进入宫阙。她正是含苞初放的美好时节，应该暗自欣喜初遇京师里的香蜂艳蝶。杜

郎如今已经老去，料想往昔的风流韵事，花儿也能述说。记得少年时节，扬州风光繁盛奇绝。那美丽多姿的二十四桥，辉映着一轮清清的明月。

玉京秋

长安独客，又见西风、素月、丹枫，凄然其为秋也，因调夹钟羽一解①。

烟水阔，高林弄残照，晚蜩凄切②。碧砧度韵，银床飘叶③。衣湿桐阴露冷，采凉花时赋秋雪④，叹轻别，一襟幽事，砌虫能说。客思吟商还怯，怨歌长、琼壶暗缺。翠扇恩疏，红衣香褪，翻成消歇。玉骨西风，恨最恨、闲却新凉时节。楚箫咽，谁倚西楼淡月。

①长安：借指临安。②蜩（tiáo）：蝉。③银床：白色的石井栏。④秋雪：指芦花。

译文

烟气渺茫天高云阔水波荡漾，高高的林梢染上落日的余晖，寒蝉在凄冷的夜里哀鸣不止。画角声声捣衣砧敲出了相思，白色井边处飘下梧桐的枯叶。我在梧桐树下凉露沾湿衣鞋，我采一朵芦花歌咏她的纯洁，我感叹与她轻易离别的无奈，满腔幽怨和哀痛如潮水一般，台阶下的虫仿佛在替我述说。游子思归吟秋声使人心忧烦，怨歌长游子心如琼壶暗中残。如同夏日的团扇被捐弃抛撇，如同鲜艳的荷花都枯萎凋谢，一切美好的景致都已不存在。我在萧瑟的西风中独自伫立，在我心中最遗憾最怨恨的是、白白虚度了这清凉的好时节。远处传来箫声如同女子悲咽，是谁凭倚西楼身披一层淡月。

曲游春

禁烟湖上薄游①，施中山赋词甚佳②，余因次其韵。盖平时游舫，至午后则尽入里湖，抵暮始出，断桥小驻而归，非习于游者不知也。故中山亟击节余『闲却半湖春色』之句，谓能道人之所未云。

禁苑东风外③，飏暖丝晴絮，春思如织。燕约莺期，恼芳情偏在，翠深红隙。漠漠香尘隔，沸十里、乱丝丛笛④。看画船，尽入西泠，闲却半湖春色。柳陌，新烟凝碧。映帘底宫眉，堤上游勒。轻暝笼寒，怕梨云梦冷，杏香愁幂⑤。歌管酬寒食，奈蝶怨、良宵岑寂。正满湖、碎月摇花⑥，怎生去得。

注释

①薄游：即游历，薄为句首语助词。②施中山：周密友人，名岳，字中山，能词，精于音律。③禁苑：别本作『楚苑』。④乱丝：别本作『乱弦』。⑤幂：覆盖。⑥正满湖、碎月摇花：别本作『正恁醉月摇花』。

译文

皇家园林之外，东风拂来，暖阳下的游丝和晴天时的柳絮同时飘扬，勾起人们密密如织的春天的愁思。青年男女纷纷约会，那些绵长情意偏在绿叶深处、红花罅隙里发生。隔着漠漠的芳香的尘土，十里西湖全都沸腾了，弦乐、笛声争相响起。看那游人的画船啊，全都进入了西泠桥，把一半西湖的春色都空闲了下来。

在那密植杨柳的道路上，烟雾蒙蒙的新叶凝聚起了绿色，映衬着垂帘下窥看的仕女，还有在堤上骑马遨

游的男子。淡淡的暮色笼罩起寒意，真怕那如云的梨花在梦中觉冷，芬芳的杏花被忧愁笼罩啊。这些歌声、乐声都是为了寒食节而响起的，怎奈蝴蝶却埋怨良宵太过沉寂了。如今满湖散碎的月光摇动着花影，怎么还忍心去赏玩呢？

花犯·水仙花①

楚江湄②，湘娥再见③，无言洒清泪。淡然春意。空独倚东风，芳思谁寄④？凌波路冷秋无际⑤，香云随步起⑥。漫记得、汉宫仙掌⑦，亭亭明月底。冰丝写怨更多情⑧，骚人恨⑨，枉赋芳兰幽芷⑩。春思远，谁叹赏国香风味⑪？相将共、岁寒伴侣⑫，小窗静，沉烟熏翠被⑬。幽梦觉，涓涓清露⑭，一枝灯影里。

注释 ①这首词咏水仙花，把它比作湘水女神，恬淡高洁，满怀幽怨；惋惜它不为"骚人"所重，将它引为"岁寒伴侣"。词中寄托着词人对品貌俱佳的失意女子的同情和爱慕。比拟高妙，形似神远。托意深微，笔致清婉。②楚江：指湘江，古属楚国。湄（méi）：岸边。③湘娥：传说中的湘水女神。喻水仙花。④芳思：女子的情思。⑤凌波路：水面，水上之路。秋：喻轻寒凄凉的况味。⑥香云：芳香气味。⑦漫：漫不经心，引申为忽然的意思。汉宫仙掌：指西汉建章殿前的铜铸捧露盘仙人。⑧冰丝：清越的弦声。用"湘灵鼓瑟"的典故。湘灵：即湘水女神。《楚辞·远游》："使湘灵鼓瑟兮，令海若舞冯夷。"⑨骚人：指作《离骚》等作品的屈原。⑩枉：不公道。芷（zhǐ）：白芷，香草名。⑪国香：全国第一流的香花。古时传统以兰为"国香"，这里指水仙花。⑫将：与。⑬沉烟：用沉水香烧的香烟。翠被：有翠鸟图案的被子。⑭涓涓（juān juān）：滴滴。

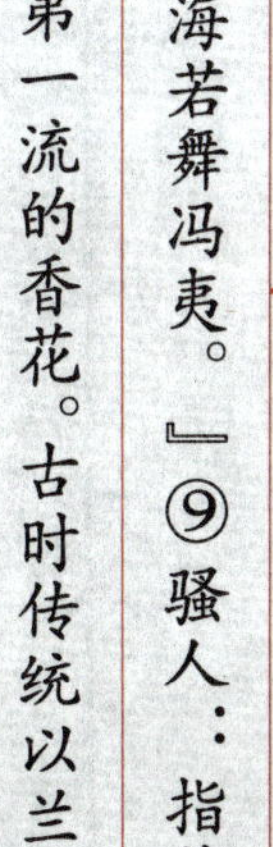
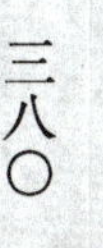

译文 我仿佛在湘江岸边，再次见到湘水女神。她默默无言，脸上挂满泪水，带着淡淡的春意；空自独立在东风之中，满怀情思不知道要寄给哪一位。在无限凄凉的水面上，随着她那轻盈的脚步，腾起芳香的云雾。面对水仙花，我又忽然想起汉宫前的金铜仙人，他伸着仙掌托着承露盘，亭亭玉立在明月下，盘中洒满清泪般的露水。那湘水女神弹奏起琴瑟抒发哀怨，更富有感情。屈原啊，你借咏幽香的兰花和白芷抒写怨恨，却不提水仙花，这太不公平。水仙花春思深远，韵味悠长，这国色天香的风姿情味，谁知道叹赏？我要和她在一起，做岁寒的伴侣。在静静的小窗下，我燃起沉香，熏香翠被，在水仙陪伴下，甜甜入睡。深夜时我从幽梦中醒来，只见她立在灯影里，身上挂满点点清露，多么动人，多么雅丽！

文天祥

文天祥（1236—1283），字履善，又字宋瑞，自号文山，祖籍庐陵（今江西吉安）。宋宝祐四年（1256）

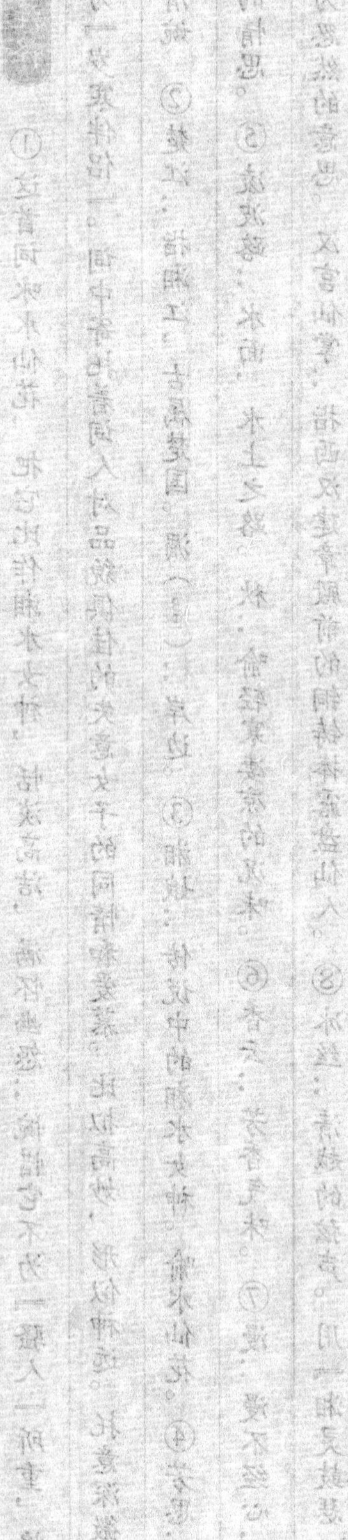

考中状元，后官至丞相，封信国公。元军入侵时，因坚决起兵抵抗被拘，脱逃后又转战赣、闽、岭等地。后兵败被俘，威武不屈，视死如归，于元大都（北京）英勇就义，享年四十七岁。其词作慷慨激昂，直抒胸臆。今存《文山先生全集》。

沁园春·题潮阳张许二公庙

为子死孝，为臣死忠，死又何妨。自光岳气分，士无全节，君臣义缺，谁负刚肠。骂贼张巡，爱君许远，留得声名万古香。后来者，无二公之操，百炼之钢。　人生翕欻云亡①，好烈烈轰轰做一场。使当时卖国，甘心降虏，受人唾骂，安得流芳。古庙幽沉，仪容俨雅，枯木寒鸦几夕阳。邮亭下，有奸雄过此，仔细思量。

注释　①翕欻：快速、急速。

译文　子死于孝，臣死于忠，死又有何惧！自从国土分裂，士大夫节操全无，君臣间缺少大义，全都背离了刚正不阿的气节。张巡骂贼而死，许远忠君而亡，他们的精神长存，万古留香。之后的士大夫，没有了他二人那样的节操，也没能修身养性，百炼成钢。　人生转眼即逝，更应轰轰烈烈地做场大事业。假如当时张许二人卖国降虏，定会遭人唾骂，遗臭万年，岂会百世流芳？古庙肃穆深沉，张许二人的塑像庄严典雅。夕阳西下，几只寒鸦在枯树间哀啼。若有奸臣路过，面对张许二公，应愧然自省，细细思量！

蒋捷

蒋捷，字胜欲，号竹山，阳羡（今江苏宜兴）人。咸淳十年（1274）进士。宋亡不仕。有《竹山词》。

瑞鹤仙·乡城见月

绀烟迷雁迹①，渐碎鼓零钟，街喧初息。风檠背寒壁②，放冰蟾③，飞到蛛丝帘隙。琼瑰暗泣④，念乡关、霜华似织。漫将身化鹤归来⑤，忘却旧游端的。　欢极蓬壶蕖浸⑥，花院梨溶，醉连春夕。柯云罢弈⑦，樱桃在，梦难觅⑧。劝清光、乍可幽窗相照，休照红楼夜笛。怕人间换谱伊凉⑨，素娥未识。

注释　①绀：深青带红的颜色。②檠：灯架，也代指灯。③冰蟾：月亮的别称，传说月中有蟾蜍，月光洁白若冰，故云。④琼瑰：指美玉，此处喻指泪珠。《左传·成公十七年》：「声伯梦涉洹，或与己琼瑰食之，泣而为琼瑰，盈其怀。」⑤化鹤归来：用丁令威化鹤归辽东事。见王安石《千秋岁引》注。⑥蕖：美蕖，荷花。此处指荷花灯。⑦柯云罢弈：用烂柯典故。《述异记》：「信安郡石室中，晋时樵者王质，逢二童子弈棋。与质一物，如枣核食之，不饥。置斧于坐而观。童子曰：『汝斧柯烂矣。』质归乡间，无复时人。」此处指

时移世改。⑧樱桃二句：段成式《酉阳杂俎》：『姑婿裴元裕言群从中有悦邻女者，梦女遗二樱桃，食之，及觉，核堕枕边。』此处指往事如梦。⑨伊凉：唐调名，即伊州、凉州二曲。此处借指元人的北方曲调。

译文 雁群在青色雾霭中失去了踪迹，零星的钟鼓声响起，街市的喧哗逐渐平息下来。倚靠着寒冷墙壁的灯火在风中摇曳，从布满蛛丝的帘栊缝隙里透入冰盘似明月升的光亮。我暗自流泪，泪滴晶莹，想起家乡如今已经被寒霜铺满。可是即便能够像丁令威那样化鹤归去，我却已遗忘了旧日还在家乡时的情景。只记得那时候多么欢乐啊，如同蓬壶般的岛屿边水浸荷花，开满梨花的院落中有溶溶月色，我们曾在春夜连连饮醉啊。然而就如同云山深处一局棋罢而斧柯已烂，又似枕边还剩了樱桃核但梦境难寻。我奉劝月光啊，你只可照耀我这幽静的窗棂，不要去照那红楼上吹笛之人吧。我恐怕人间的曲调已经换成了《伊州》《凉州》，而嫦娥未必能够听懂啊。

贺新郎

梦冷黄金屋，叹秦筝、斜鸿阵里，素弦尘扑。化作娇莺飞归去，犹认纱窗旧绿。正过雨、荆桃如菽①。此恨难平君知否？似琼台、涌起弹棋局②。消瘦影，嫌明烛。 鸳楼碎泻东西玉③，问芳踪、何时再展，翠钗难卜。待把宫眉横云样，描上生绡画幅。怕不是、新来妆束。彩扇红牙今都在④，恨无人、解听开元曲。空掩袖⑤，倚寒竹。

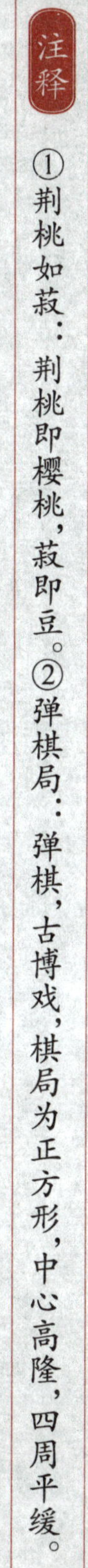

注释 ①荆桃如菽：荆桃即樱桃，菽即豆。②弹棋局：弹棋，古博戏，棋局为正方形，中心高隆，四周平缓。李商隐《柳枝》有『玉作弹棋局，中心亦不平』句。③东西玉：即玉东西，据《词统》：『山谷（黄庭坚）诗：「佳人斗南北，美酒玉东西。」注：酒器也。』④红牙：红色牙板，牙板为古节拍乐器。⑤开元：唐玄宗年号，为唐代极盛时期。

译文 黄金屋中的梦境刚刚结束，深深感叹往时弹弄的秦筝，斜列如雁的弦柱间落满了尘土。我的梦魂化作娇小的黄莺飞了回去，还认识旧日的纱窗依然碧绿。刚刚下过一场小雨，院中的樱桃结成的果实已如豆菽。春光就这样匆匆过去，我心中的怨恨君能知否？就像中间隆起的玉棋局，起伏难平而极端愁苦。我的身体瘦得可怜，简直害怕面对明亮的蜡烛。 鸳鸯楼中东西玉的酒杯已经破碎，杯中的酒全都泻出。不知伊人何时能够再返故土，即使用翠玉的钗头也难以预先占卜。我要把她纤云般的美丽宫眉，描上生绡的画幅。恐怕她已不是新近时髦的装束。昔日的彩扇和红牙板依然存在，只恨已无人再欣赏往日的乐曲。世无知音，空掩罗袖而斜倚寒竹。

女冠子·元夕

蕙花香也，雪晴池馆如画。春风飞到，宝钗楼上，一片笙箫，琉璃光射①。而今灯漫挂，不是暗尘明月②，那时元夜。况年来，心懒意怯，羞与蛾儿争耍。 江城人悄初更打，问繁华谁解，再向天公借。剔残红灺③，但梦里隐隐，钿车罗帕。吴笺银粉砑④，待把旧家风景，写成闲话。笑绿鬟邻女，倚窗犹唱，夕阳西下⑤。

注释 ①琉璃：指灯。宋时元宵节极繁华，有五色琉璃灯，大者直径三四尺。②暗尘明月：语出苏味道《上元》，有『暗尘随马去，明月逐人来』句。③灺：蜡烛余烬。④砑：碾磨。⑤夕阳西下：语出范周描写元夜盛况的《宝鼎现》，开篇即写『夕阳西下，暮霭红隘，香风罗绮』。

译文 蕙兰花散发出阵阵的幽香，明月映照着池馆楼台，春雪初晴的美景如同生动的图画栩栩如生。春风吹到精美的歌楼舞榭之中，笙管笛箫演奏的乐曲十分动听。琉璃灯彩光四射，满城都是笑语欢声。而今只是随随便便挂上几盏小灯，再也不像以前的元夜，车水马龙，万众欢腾。何况近年来我已心灰意冷，再也没有心思去寻求欢乐而到处逛灯。 江城冷落人声寂静，听一听鼓点知道才到初更，却已是如此的冷清。请问谁有本事能向天公，再度讨回以前的繁荣升平？我剔除红烛的残烬，只能在梦境中重见往年的情景。人来人往，车声隆隆，手持罗帕的美女如云。我正想用吴地的银粉纸，闲记故国元夕的繁盛风景，以便他日吊凭。笑叹邻家的年轻姑娘，独自倚凭着小小窗棂，正在唱着『夕阳西下』这旧日元夕的音声。

张炎

张炎（1248—1320），字叔夏，号玉田，晚号乐笑翁，祖籍凤翔府成纪（今甘肃天水），客居临安（今浙江杭州）。出身贵族家庭，其六世祖张俊为南渡功臣，封循王。其父张枢，精通音律，与周密为词社社友。前半生生活优裕，宋亡后，因家道中落，穷困潦倒，曾一度北游燕赵欲谋官养生，但均无果，南归后潦倒至死。今存《山中白云词》。

高阳台·西湖春感①

接叶巢莺②，平波卷絮，断桥斜日归船③。能几番游？看花又是明年。东风且伴蔷薇住④，到蔷薇、春已堪怜。更凄然，万绿西泠⑤，一抹荒烟。 当年燕子知何处⑥？但苔深韦曲⑦，草暗斜川⑧。见说新愁，如今也到鸥边⑨。无心再续笙歌梦⑩，掩重门、浅醉闲眠。莫开帘，怕见飞花，怕听啼鹃。

注释 ①这首词是南宋亡后重游西湖之作，词中描写了西湖残春的凄凉景象和昔日富贵繁华的消失，抒

发了亡国的哀痛和消沉无奈的情绪。上片，惜春怜春，含蓄深沉；下片，直赋新愁，心态如绘。②接叶：相接的茂密枝叶。巢：用作动词，筑巢栖息的意思。③断桥：在西湖北部白堤东端。④东风：春风。蔷薇：落叶灌木，春夏开花，白或淡红色，气味芳香。⑤西泠（líng）：桥名，在西湖白堤西端孤山西北。⑥当年燕子：指南宋亡前栖息在富贵人家屋梁上的燕子。刘禹锡《乌衣巷》诗：『旧时王谢堂前燕，飞入寻常百姓家。』这里暗用此典。⑦韦曲：地名，在唐都长安城南，为韦氏家族世居之地。这里借指西湖边南宋时贵族的居住区。⑧斜川：地名，在今江西省星子县境，风景秀丽，陶渊明曾游于此。这里借指西湖周围风景名胜之地。⑨鸥边：指和鸥鸟生活在一起的隐居之士。包括作者。⑩笙歌梦：指南宋亡前作者的富贵生活。

译文 浓密的枝叶中栖息着黄莺，均匀的细浪里翻卷着柳絮，夕阳斜照着断桥下归来的游船。还能再游几次呢？眼看春天就要过去；要想再看到繁花似锦，那就又是明年了。多么希望春风陪伴着蔷薇住一住，可是，到蔷薇花开时，春天即将消失，已经很可怜了。更令人感到凄凉的是，浓绿的西泠桥一带，笼罩着一片淡淡的荒凉云烟。

从前在富贵人家屋梁上筑巢的燕子，谁知道现在都飞到哪里去了？只见那些旧日的大家宅院，长满了厚厚的苔藓；风景名胜之地，到处是稠密的荒草。听说亡国的新愁，如今也来到了素来不关心时事的隐士们的心头。我无心再做那迷恋歌舞声色的美梦，关起重重门户，聊饮薄酒，随意安眠。千万不要拉开门窗的帘幕，我怕看见落花纷飞，怕听见杜鹃凄切哀鸣。

宋词精注精译 张炎

渡江云（山空天入海）

久客山阴，王菊存问予近作，书以寄之。

山空天入海，倚楼望极，风急暮潮初。一帘鸠外雨，几处闲田，隔水动春锄。新烟禁柳，想如今、绿到西湖。犹记得、当年深隐，门掩两三株。

愁余，荒洲古溆[①]，断梗疏萍[②]，更飘流何处？空自觉围羞带减[③]，影怯烟孤。长疑即见桃花面[④]，甚近来翻致无书。书纵远，如何梦也都无？

注释 ①溆：浦，水边。②断梗：用桃梗故事。《战国策·齐策》载，苏代对孟尝君说，他听到土偶说，你是西岸土做的，淄水一来就要被冲坏。土偶回答说，我虽被冲坏，但土还在西岸上。你是东国桃梗刻成的，淄水一来，你将被水冲走，不知漂到何处去。后世遂以断梗或桃梗比喻漂流不定的旅人。疏萍：犹言飘萍、流萍、浮萍。萍浮水面，随风飘荡而无定所，因以比喻漂泊的生活。③围羞带减：用沈约典故。见李之仪《谢池春》注。④桃花面：代指美人，用崔护诗句：『人面不知何处去，桃花依旧笑东风。』

译文 山色清空湛绿，大海远接天际。我倚楼极目远望，只见晚风骤急，暮潮初起。帘外一阵疏雨，斑鸠正在鸣啼。几处漠漠的水田，农夫开始了锄犁。水波的烟霭笼罩着新柳，柳丝飘拂一片嫩绿。这情景，不禁

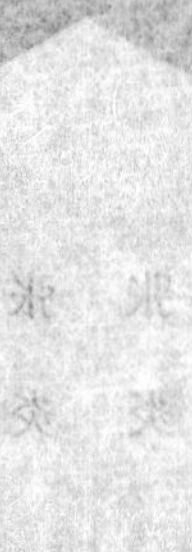

使我想起西湖的美景，如今也一定是春光旖旎。我还清楚地记得，当年在深巷中隐居，门前有两三棵垂柳，绿荫掩映令人心醉神迷。如今我满怀愁绪，在这荒洲旧浦苦挨着时日。就像断梗浮萍，不知还要漂泊到哪里。枉自觉得腰带渐宽瘦了身躯，怕对孤灯看到瘦影可怜的自己。总觉得很快即可见到桃花般的美人，为什么近来竟见不到片言只语？情书纵然太远难以到达，却又为何不肯来到我的梦境里？

八声甘州

辛卯岁①，沈尧道同余北归②，各处杭、越③。逾岁，尧道来问寂寞，语笑数日，又复别去。赋此曲，并寄赵学舟④。

记玉关踏雪事清游⑤，寒气脆貂裘。傍枯林古道，长河饮马，此意悠悠。短梦依然江表⑥，老泪洒西州⑦。一字无题外，落叶都愁。载取白云归去，问谁留楚佩，弄影中洲⑧？折芦花赠远，零落一身秋。向寻常、野桥流水，待招来，不是旧沙鸥。空怀感，有斜阳处，却怕登楼。

注释

①辛卯岁：元世祖至元二十八年（1291年）。②沈尧道：即沈钦，字尧道，号秋江，是张炎之友。③各处杭、越：从北方回来后，沈钦居于杭州，张炎则居于绍兴路（山阴）。④赵学舟：即赵仁，字元父，号学舟，张炎之友。别本作『曾心传』，即曾遇，亦同赴大都之人。⑤玉关：即玉门关，代指北方。⑥江表：即长江以南地区，从中原看来，地处长江之外，故称江表。⑦西州：古城，在今南京西面。⑧问谁留楚佩，弄影中洲：语出《楚辞·九歌·湘君》，有『遗余佩兮澧浦』和『蹇谁留兮中洲』句。

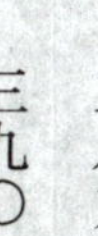

译文

还记得我们前往北方，踏雪游历之事，寒气几乎把貂裘都冻裂了。我们傍着枯萎的林木走在古道上，在黄河岸边饮马，此情此景，如流水悠悠不绝。但那仿佛是一场短暂的梦境啊，我们依旧回到了江南，因亡国之痛而泪洒杭州。回来后我无一字记述此番北游，落叶萧萧，只觉惆怅。你载着一船的白云归去，试问谁曾留下玉佩，又是谁在中洲顾影自怜？我折下芦花来赠予回归远方的你，如今零落，一身都是萧瑟秋意。前往平常的野桥流水去玩赏吧，所招来的已非旧时沙鸥了。空自感怀啊，因为有夕阳在映照，所以害怕登上高楼眺望。

解连环·孤雁①

楚江空晚②，恨离群万里，怳然惊散③。自顾影、欲下寒塘④，正沙净草枯，水平天远。写不成书，只寄得、相思一点⑤。料因循误了⑥，残毡拥雪⑦，故人心眼⑧。谁怜旅愁荏苒⑨？漫长门夜悄⑩，锦筝弹怨⑪。想伴侣、犹宿芦花，也曾念春前，去程应转。暮雨相呼，怕蓦地、玉关重见⑫。未羞他、双燕归来，画帘半卷。

①这首词写孤雁失群的悲怨和期望，借以抒写自己亡国后孤独漂泊的失意情怀，其中寄托着对被

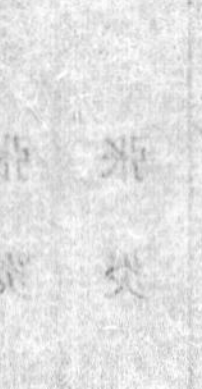

掳北去的故人的思念。巧写孤雁，托意深远。用典浑成，语巧笔婉。②楚江：指湘江流域衡阳一带。那里古属楚国，有回雁峰，传说大雁南飞，到此而止。③恍（huǎng）然：惊魂未定的样子。④下：落。唐崔涂《孤雁》诗：『暮雨相呼失，寒塘欲下迟。』⑤『写不』二句：古人认为雁群在飞行时如一行字，又认为雁足可以传书。这里合用这两个典故，巧借孤雁之形，写相思之情。书：信。相思一点：切远空孤雁之形。⑥因循：拖踏，迟缓。⑦残毡拥雪：喻被故人掳去历尽艰苦、持节不屈。这里用西汉苏武出使匈奴的典故。匈奴逼苏武投降，把苏武囚禁在大窖中，不供饮食。苏武取毡毛和雪当食物，坚持斗争。⑧故人：指被元人掳往北方的旧友。心眼：最关紧的心事。⑨荏苒（rěn rǎn）：迁延不断。⑩长门：汉宫名。汉武帝陈皇后被废后居住此宫。这里借指南宋故宫。⑪锦筝：装饰豪华的筝。筝为拨弦乐器，声调凄切哀怨，古称哀筝。⑫蓦（mò）地：突然。玉关：玉门关，这里泛指北边。

译文

湘江上空夜幕降临了。我怅恨当初惊魂不定，与同伴失散，如今远离雁群，不知千里万里。我自顾身影，自伤孤单，想要飞落在寒塘边，却正值沙滩上空空荡荡，草木都已凋零，水面平阔，天际遥远。孤身独字，写不成书信，只能为朋友传寄一点相思。想必当初的迟疑，耽误了为被掳的吞毡饮雪的故人，传递紧要心事。谁怜悯我漂泊的愁苦绵绵不断，空自听到临安故宫里，夜间传出锦筝弹出的哀怨。揣想我的伙伴们，如今还在芦花中栖息，他们一定也想到过，春天到来之前，应该返转行程，飞回北方。到那时，暮雨中我们互相呼唤，备不住突然间我们会在边关重新团圆。那时，我看到画帘半卷，燕子双双飞还，再不会为孤独而深感羞惭。

疏影·咏荷叶

碧圆自洁，向浅洲远浦，亭亭清绝。犹有遗簪①。不展秋心，能卷几多炎热？鸳鸯密语同倾盖②，且莫与、浣纱人说③。恐怨歌忽断花风，碎却翠云千叠。 回首当年汉舞，怕飞去漫皱，留仙裙折④。恋恋青衫，犹染枯香，还叹鬓丝飘雪。盘心清露如铅水，又一夜西风吹折。喜净看、匹练飞光，倒泻半湖明月。

注释

①遗簪：指刚出水面尚未展开的嫩荷叶。②倾盖：车盖相碰，表示一见如故。《史记·邹阳传》：『有白头如新，倾盖如故。』③浣纱人：指怨女。唐郑谷《莲叶》诗：『多谢浣纱人未折，雨中留得鸳鸯盖。』此处化用其意。④留仙裙折：《飞燕外传》『帝于太液池作千人舟，号合官之舟。后（赵飞燕）歌舞《归风送远》之曲。侍郎冯无方吹笙以倚后歌。中流歌酣，风大起，后扬袖曰：「仙乎仙乎，去故而就新，宁忘怀乎？」帝令无方持后裙，风止，裙为之皱。他日，宫姝或襞裙为皱，号「留仙裙」。』此指荷叶多皱褶，类多褶裙。

译文

碧绿的圆叶自然高洁，向着浅浅的汀洲，远远的水滨延伸着，亭亭玉立的姿态幽芳清绝。还有卷曲而没有展开的嫩叶，如美人遗下的碧玉头簪，不肯敞开她的芳心。又能卷走多少炎热？宽大的荷叶伸展开来

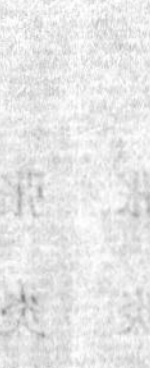

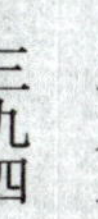

如同伞盖，下面有一对鸳鸯正甜言蜜语何其亲热。这种情景，且不要对浣纱人诉说。恐怕花风会吹断她的怨歌。她会撕碎翠云般的荷叶。　回忆当年在汉宫中歌舞，天子怕赵飞燕随风飞去。大风吹后，绿裙上留下许多皱褶，那仿佛就是布满皱褶的荷叶。我眷恋自己的一领青衫，似乎还沾有荷叶的清香和芳洁，又叹息如今鬓丝已经白白如雪。荷叶式的铜盘承接着露水，又被一夜秋风吹折。喜看月光如练从天空中倾泻，半个湖面都是澄澈的明月。那种妙境实在难以诉说。

月下笛①

孤游万竹山中②，闲门落叶，愁思黯然，因动黍离之感。时寓甬东积翠山舍③。

万里孤云，清游渐远，故人何处？寒窗梦里，犹记经行旧时路。连昌约略无多柳④，第一是难听夜雨。漫惊回凄悄，相看烛影，拥衾无语。　张绪归何暮⑤？半零落依依，断桥鸥鹭。天涯倦旅，此时心事良苦，只愁重洒西州泪⑥，问杜曲人家在否⑦？恐翠袖天寒⑧，犹倚梅花那树。

注释

①月下笛：词牌名。双调一百字。②万竹山：《山中白云词》江昱注引《赤城志》：『万竹山在（天台）县西南四十五里。绝顶曰新罗，九峰回环，道极险隘。岭丛薄敷秀，平旷幽窈，自成一村。』③甬东：古地名，一作甬句东，在舟山岛上，今属浙江省定海县。④连昌：唐行宫名。此处借指南宋故宫。⑤张绪：南齐时吴郡人，字思曼。官至国子祭酒。风姿清雅。武帝置蜀柳于灵和殿前，曾叹曰『此柳风流可爱，似张绪当年。』此处是作者自比。⑥西州泪：晋羊昙与谢安友善。谢安死后不过西州路。因酒醉过此，伤心落泪。此处借用字面意。⑦杜曲：古地名。在唐代长安城南，杜氏为当时望族，世居于此，故称。此处代指贵族住宅区，即指自家住宅。⑧翠袖：美人，借指隐者。杜甫《佳人》诗『天寒翠袖薄，日暮倚修竹。』

译文

万里一片孤云，当年同游之事已逐渐遥远，不知道故人都在哪里呢？我在寒窗下的梦境中，还记得往日经过的那些旧路。连昌宫内已经没有什么柳树了，而最难受的是夜间听到雨声。胡乱惊醒后只觉凄凉，我看着烛火的影子，拥着被子默然无语。　我曾像少年风流的张绪，但归来实在太晚了啊。我眷恋着的好友都已似断桥上的鸥鸟、鹭鸶一般，大半零落。漂泊天涯，我已疲倦，此时的心事实在是太痛苦了。只惆怅于再次洒泪临安，询问过去那些豪门还有人在吗？恐怕我所眷恋的女子也在寒天衣着单薄，还倚靠在那棵梅花树下吧。

彭元逊

彭元逊，生卒年不详，字巽吾，庐陵（今江西吉安）人。与刘辰翁友善，宋亡不仕。

疏影·寻梅不见

江空不渡，恨蘼芜杜若①，零落无数。远道荒寒，婉娩流年②，望望美人迟暮。风烟雨雪阴晴晚，更何须春风千树。尽孤城、落木萧萧③，日夜江声流去。　日晏山深闻笛④，恐他年流落，与子同赋。事阔心违，交淡媒劳⑤，蔓草沾衣多露⑥。汀洲窈窕余醒寐⑦，遗佩环、浮沉澧浦⑧。有白鸥、淡月微波，寄语逍遥容与⑨。

注释

①蘼芜杜若：均是香草名。②婉娩：指仪容柔顺，也指天气温和。③落木萧萧：杜甫《登高》诗：『无边落木萧萧下，不尽长江滚滚来。』此处化用其意。④笛：指《梅花落》笛曲。⑤交淡媒劳：屈原《九歌·湘君》：『心不同兮媒劳，恩不甚兮轻绝。』此处化用其意。⑥蔓草：蔓生的杂草。《诗·郑·野有蔓草》：『野有蔓草，零露抟兮。』⑦窈窕：体态美好貌。⑧遗佩句：屈原《九歌·湘君》：『捐余玦兮江中，遗余佩兮澧浦。』⑨逍遥容与：从容不迫貌。《九歌·湘君》：『时不可兮再得，聊逍遥兮容与。』

译文

江天空阔，看不见梅花的清影。又恨蘼芜杜若般的芳草，也在不断地枯萎凋零。我不惜路远天冷，苦苦追寻她那美好柔婉的芳容。可是在不断的渴望之中，她却已如美人一样不再年轻。经过多少风烟雨雪，经过多少昏暮阴晴，却无法找到梅花的倩影，更不要说千树盛开的红梅沐浴着春风。整个孤城中只见落叶萧萧，只听见江水奔流之声日夜不停。　暮色中听到深山中传出笛声，是人们害怕梅花零落，把她谱进乐曲传唱抒情。我想与梅花见面却又不能，她和我的交情太淡太轻。再殷勤也枉费徒劳，徒自让蔓草的浓露沾湿我的衣襟。美丽的梅花或在江边小洲睡醒，遗下的环佩漂浮在水滨。汀上的白鸥，天边的淡月，连同江中的微波都在殷勤劝我，姑且自己自在消遥，不必为梅花劳神伤心。

六五·杨花①

似东风老大，那复有、当时风气。有情不收，江山身是寄，浩荡何世？但忆临官道，暂来不住，便出门千里。痴心指望回风坠，扇底相逢，钗头微缀。他家万条千缕，解遮亭障驿，不隔江水。　瓜洲曾舣，等行人岁岁，日下长秋，城乌夜起。帐庐好在春睡，共飞归湖上，草青无地。愔愔雨②、春心如腻，欲待化、丰乐楼前，畅饮青门都废。何人念、流落无几，点点抟作，雪绵松润，为君浥泪③。

注释

①此词《钦定词谱》记为詹正所作，《全宋词》不录此人，或即彭元逊之异称。②愔愔：寂静无声。③浥泪：即拭泪。

译文

这柳絮就如同东风暮年一般，哪里还有当年的风发意气呢？没有人肯收留它，浩荡江山，它只是一个过客，也不知道如今是什么世道。它还回想着当初毗邻官道的时候，然而只是暂且前来，难以长住，终究

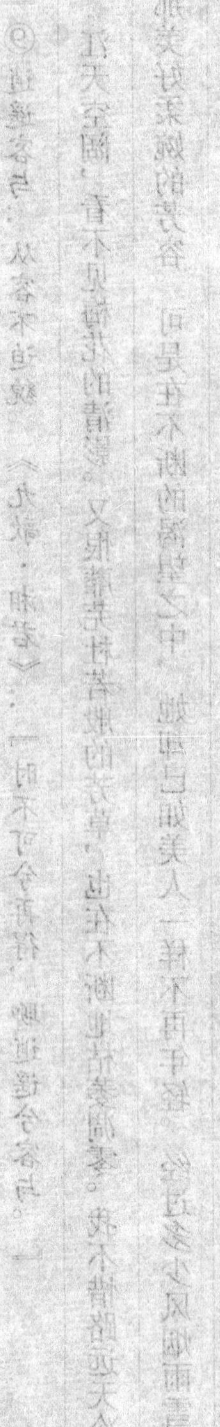

还是离开家乡千里之外去了。它痴心地希望风向能够改变，能与故人相逢于纨扇底下，点缀在发钗头上。他家的千万条柳丝，只知道遮蔽着离亭和驿站，却不知道阻隔住江水流淌。

它曾经在瓜洲停泊啊，一年年等待着过往行人，直到漫长秋季中的夕阳西下，直到城上乌鸦半夜惊飞。它和那帐幕中春睡不醒的人一起飞回到湖上来，然而草色青青，已无容身之地。雨默默地下着，春天的心情已经倦怠，想要在这繁盛的酒楼前化去，谁料都城外惆怅的饮宴已经终结了。还有谁能想到它四处飘零，所余无几，一点点都黏着成雪一般润洁、绵一般松软的絮团，来为你拭去泪水呢？

姚云文

姚云文，生卒年不详。字圣瑞，高安（今属江西）人。咸淳四年（1268）进士。曾任兴县（今属山西）县尉。入元，授承直郎，抚、建两路儒学提举。

紫萸香慢

近重阳、偏多风雨，绝怜此日暄明。问秋香浓未，待携客、出西城。正自羁怀多感，怕荒台高处①，更不胜情。向尊前、又忆漉酒插花人②。只座上、已无老兵③。　凄清，浅醉还醒。愁不肯、与诗平。记长楸走马④，雕弓笮柳⑤，前事休评。紫萸一枝传赐，梦谁到、汉家陵。尽乌纱、便随风去⑥，要天知道，华发如此星星，歌罢涕零。

注释

①荒台：此处指戏马台，项羽曾在此训练过骑兵，南朝宋武帝刘裕北伐时，曾于重阳日在此大宴士卒。②漉酒：过滤酒。③老兵：典出《晋书·谢奕传》载：『（谢）奕每因酒无复朝廷礼，尝逼（桓）温饮，温走入南康主门避之……奕遂携酒就听事，引温一兵帅共饮，曰：「失一老兵，得一老兵，亦何所怪。」温不之责。』④楸：落叶乔木，树高可达三十米。⑤笮柳：即百步穿杨之意，笮本为装箭的竹器，这里指射箭。⑥尽乌纱、便随风去：指孟嘉重阳宴落帽事。

译文

接近重阳，反多风雨，必须珍惜突然间暖和晴朗的今天啊。试问茱萸花的香气是否已经浓郁了呢？我想要带着朋友出西城去欣赏。正是羁旅多愁多感的时候，恐怕登上走马台高处会更悲不自禁。在酒席宴前，再次回想起那为我滤酒、帽插黄花的故人来了，可惜座上已无昔日狂放之友。

真是凄凉寂寞啊，略有些醉意，但很快又清醒了，愁绪总不肯和诗绪一般平静。还记得我们在高高的楸木林中并肩驰骋，拉开雕弓试射柳叶，从前这些事情不提也罢。一枝深红色的茱萸传赐下来，可是有谁梦到了汉家陵墓呢？算了吧，就让帽子随风而去吧，让上天知道，我的白发已如此之多。歌罢此曲，我不禁涕泪纵横。